角田光代著

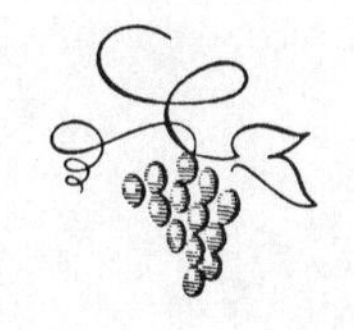

新潮社版

11819

目次

食

光り輝く料理　9

人

この人は自由　65

暮らし

私はしあわせだったんだなあ　121

時代

加齢とテレパシー　173

あとがき　231

月夜の散歩

本文写真　角田光代

食

光り輝く料理

なぜか不得手料理

料理好きには得意料理ではなく、不得手料理を訊くべし、というのが持論。そして私は天ぷらが不得手である。

それから私は不得手料理というものについてしみじみと考えるようになった。そうしたら、あるある、不得手なもの。

天ぷらは、まあ、菓子類と似たようなもので、うまい人もいるが、プロにはかなわない。どんなに天ぷら上手でも、天ぷら屋の天ぷらよりおいしく作る素人はいない。だからそれで不得手でも、とくに驚きはない。

しかし、自分でも驚く不得手料理があるではないか。それは、ポテトサラダ。私はポテトサラダが好きだ。サラダ、といえばグリーンでも大根でもニース風でもツナでも豆腐でもなく、ポテト、とすぐ浮かぶ。今まで何度も何度も作ったことがある。けれど、思えば、一度として「これはうまいっ」と思ったことがない。私の作るポテトサラダはいつもイマイチだ。具は玉葱、塩ふって絞ったきゅうりが基本、それにツナを入れることもあるしハムを入れることもある。

牛乳も入れてみた、熱いうちにバターも入れてみた、オリーブオイルにしたこともある、じゃがいもの熱で玉葱がしんなりしてからみが飛ぶようにしてみた、レモン汁も入れたことがある。レシピ本に書いてあることはみんなやった。でも、イマイチ。うちで宴会をするときには、まず出さない。お客さまにとても出せない。

こんなに料理が好きで、ほぼ毎日何かしら料理をしているのに、なぜあんなにかんたんなポテトサラダが下手なんだろう。自分でも謎だ。

それから、カレーも下手だ。カレー作りに魂を奪われる時期、というのが、料理好きな男女ともに一度はあると思うのだが、私もかつて熱中したことがある。スパイスを駆使してインド風、スリランカ風、ネパール風、昭和風、タイ風といろいろやって、どれもイマイチ、いや、イマサンくらい。そうして男性諸君というものは、この工夫された（汁気の多いしゃばしゃばした）カレーというのを嫌っている。男性の来客時にもこのようなカレーを作ったことがない。

ルーを使えば失敗しないはずだ。小学生だって作ることができる。自分ひとりではなく、夫や友人と食べるとき、だから私は市販のルーを使うことにした。

が、なんだかイマイチ。まずいということもない。まずいと言われたこともない。でも、私が思う「おいしいカレー」より何かが確実に劣っている。その「何か」がわからない。林檎(りんご)だのカカオだのヨーグルトだのでは、ないと思う。

いったいなぜ、基本中の基本がこんなにも不得手なのか。しかも、十数年にわたって、何度も何度も作り続けて、なぜ上達しないのか。本当に謎。基本のポテトサラダ教室、おうちカレー教室というものがあったら、通いたいほどだ。

ポテトサラダのない弁当。

すごいぞ糖質オフダイエット

不思議な偶然なんだけれど、友人知人がこぞって糖質オフダイエットをしている。女性もいるが、四十代後半の男性が多い。今現在やっている人もいれば、今はやっていないが、やっていた、という人もいる。「今やっていない」理由は、なんと目標設定より体重が下まわったから、だそうである。

そのダイエットは効果があるのかと訊（き）くと、全員、ある、と言う。

そんなの聞いたことがない！ ダイエットというのは、効果がないというのが専売特許だと思っていた。すごいな糖質オフダイエット。しかも、それをやっている人たちは全員、一晩夕食を抜こうが運動しようが、絶対一キロが落ちてくれない中年たちだ。

その糖質オフダイエットとは、つまりは食事から糖質を減らすのだという。炭水化物は糖質だから、ごはん、うどん、パスタ、パン、蕎麦（そば）などの主食は食べない。おかずをいっぱい食べる。カロリーは無視でいい（むしろカロリーはとらねばならないらしい）。

なーんだ、それ、私、やったことがある。とはいえ、私がやったのはダイエットではなくてカーボ・ローディングだ。マラソン大会の一週間前から、主食を食べない。三日前になったら、今度は炭水化物祭りにする。そうすると、グリコーゲンに飢えていた体が、「うおー」となってそれらをためこみ、大会当日にエネルギーとなってくれる、という理論。二〇一一年、フルマラソンに挑戦した際、その話を聞いて、まじめに取り組んだ。

はじめてのフルマラソンだったので、私は本当にまじめに、おかずだけしか食べなかった。夜は酒を飲むからつまみだけでいいのだが、昼ごはんがつらかった。ハンバーグ定食のごはんを断ってハンバーグだけ。焼き肉屋にいってごはんを断って肉だけ焼く。ごはんを食べないとなると、どうしても肉ばかりになる。定食屋やレストランでおかずだけ食べているのがかなしくなって、お店で総菜を買ってきて仕事場や家で食べるようになった。コロッケとか餃子（ギョーザ）とか。

しかし、つらかった。いくら「どーん」としたものを食べても、すぐにおなかが減る。しかもそのおなかの減り具合が、ふだんの「おなか減ったー」という感じではなくて、もっと凶暴なのだ。「腹減っとるどゴルァ！」みたいな感じ。その先に炭水化物祭りがあるから耐えられたことだ。あれか……。

友人のひとりは、最初の一週間は腹が減って、頭がぼうーっとして何も考えられなかった、と言っていた。その後は慣れるそうだけれど。

でも、私も一度はやったことがあるのだから、できるかもしれない。と考えて、はたと不安になった。「チョコレートは食べていいの？」友人に訊くと、何言ってんの、という顔つきで「チョコなんて糖質のかたまり、だめに決まってる」と言う。

そこでくじけた。仕事中、私はチョコレートを食べないとそれこそ頭がぼうーっとして、ときには貧血のような状態になるのだ。そうか、チョコレートがだめなら、その万人に効くダイエットは無理だな……遠い目をしてあきらめた私であった。

このねこが食べているのは〈肥満傾向の猫用〉ごはん。

「おいしい」の謎

不思議に思っていることがある。

「おいしい」はなぜ万人に共通か、ということである。もちろん、納豆とか、なれ寿司とか、くさやの干物とか、好き嫌いの大きく分かれるものは、ここでは排除する。

私は自分の舌にあんまり自信がない。化学調味料のたくさん入った炒飯をおいしいと思うし、ジャンクフードも好きだ。だから、この店はおいしい、と思ってもあんまり人に勧めない。

それでも、「おいしい」が劇的にわかるときがある。たとえば、焼き魚。焼き魚なんて、焼くだけで、そんなに違いはなかろうと思っていたが、ある居酒屋の焼き魚が、劇的においしい。「うわー何これ何が違うのなんでなの」と、ひとりあたふたするくらい、おいしい。その店を知っている人に「魚が……」と言うと「そうそうそう、あそこはスペシャルにうまい」とみな、同意する。

そして私や友人ばかりでなく、町じゅうの人もそのおいしさに気づいたらしく、今、その店は予約しないと入れない。その予約も、明日とか今週末とかだとすでに埋まっている。

なぜ自分が魚のおいしさに気づいたのかわからないが、それにもまして、違う家で育ち違うものを食べてきた大勢の「おいしい」がなぜいっしょなのかも、わからない。上は七十代、下は三十代、という男女混合のグループで蕎麦(そば)を食べにいったとき、出てきた蕎麦味噌(みそ)がべらぼうにおいしかったのだが、このときも、全員が全員、「うまいーっ」と叫んだ。年齢も出身地も違うのに、なぜ、私たちはこの蕎麦味噌がうまいとわかるのだろう。

小おいしいや中おいしいだと、好みは分かれるように思う。とあるインドカレー店のカレーは、私にはスパイスより塩っ気が強く感じられてそんなに好きではないのだが、週末は行列ができている。この味が好きな人がいるのだ。私の愛するラーメン屋に連れていった友人は「脂(あぶら)っぽすぎる」と言っていた。

けれど、「おいしい」の一線を越えて大おいしいになると、万人が理解するのだろうか。

ベストセラー本は、たとえば多くの人が「泣いた」というとかならずアンチ派が出てくる。それは当然のことだ。みんながみんな、すばらしいと思う小説なんてあり得ない。音楽もしかり。なん百万枚CDが売れたと聞くとすごいけれど、自分の家にはそのCDがないどころか、そのアーティストの作品自体聴いたことがなかったりする。でも「おいしい」は、万人が「おいしい」である。

謎なのが、これが異国でも通用すること。昨年インドの片田舎にいったとき、同行のインド人女性が「おいしい」と評判のカレー屋に連れていってくれた。なんにもないところにぽつんとあるこの店、車で乗りつけるインド人で激混み。そして、たしかにおいしいのである。

ひとり旅で、地元の人で混んでいる店に入ればまずはずれがない。なぜなのか。「おいしい」の一線は国境すらもなくしてしまうのか。すごいことである。

その蕎麦店で出た、みんな絶賛のこいこく。

果物の歩み

家で宴会をした際、友だちのひとりが「皮ごと食べられるぶどう」を持ってきてくれた。薄緑のうつくしいぶどうは、シャインマスカットというらしい。これが、べらぼうにおいしい。宴会には十人ほどいたのだが、ぶどうはほんの数分できれいになくなった。

その数日後、レストランのデザートに、このぶどうが出てきた。ケーキの隣に一粒置いてある。あっ、これは！　とすぐにわかった。あのとき、マスカットとの微細な見た目の違いをしっかりと記憶するほど、感激したのだろう。私は真っ先にそれを食べ、ンマーとにんまりした。そしてここに至るぶどうの歩みに、つい思いを馳せた。ぶどうにはかつて種があった。いや、今もあるが、種があるものが通常のぶどうだった。はじめて種なしぶどうを食べたときは、なんと楽なんだろう！　と感動した。種なしぶどうに慣れてしまうと、もう、種ありが面倒で仕方なくなる。大粒のものならまだしも、デラウェアのように粒のちいさなぶどうに種が入っていたりすると「マジか！」とすら、思う。いや、種ありだって充分おいしいのだが、楽なことに慣れると、人は水のごとく低きに流れていくものである。

ぶどうが名産の土地生まれの友人がいて、その季節になると親が大量のぶどうを送ってくれるらしい。あんまり多いから、と友人はお裾分けをしてくれたのだが、そのお裾分けでも三房ある。「悪くなる前に、と急いで食べなくても、冷凍しておくといいよ」と、友人。冷凍したものは、解凍せず、そのまま食べられるらしい。へえー、知らなかった。

早速やってみた。シャーベットみたいで本当においしい。朝に食べると、キリーッと目が覚める。冷凍したものの皮をむくと、皮と身のあいだのうすーい部分が、身側に残る。そのもっとも皮に近い部分が、なんとも甘くておいしいのである。

皮ごと食べられるぶどうというのは、つまり、この「皮と身のあいだのいちばんおいしい部分」ごと味わうことができるのだ。

ああ、「種あり」から「皮まで食べる」まで、作り手はいろんな試行錯誤をくり返しながら作ってきたのだろうなあと、途方もない気持ちになり、私が生きているあいだにぶどうがここまで進化してよかったと、そんな感動までしたのである。

　でももちろん、種のある、昔ながらのぶどうが好きな人もいるんだろうなあと思う。私が、今の、昔より甘くなったとうもろこしが好きではないように。

　そうして私はマンゴーについて考えはじめる。あんなにもおいしいマンゴーに、なぜ、奇妙に平べったい種が入っている？　あれについて、何かしようと思う開発者はいないのか、それとも、すでに試行錯誤ははじまっているのだろうか。私がおばあさんになるころには、種が（アボカドのように取り出しやすく）丸くなってたり、もしかしたら種なしのマンゴーが、食べられたりするのだろうか。

　ああ、人というのはなんと強欲なものだろう。いや、人、というか、私、だが。

これもこの大きさにまで進化……。

高揚料理

作ろうと思ったときに気分が異様に高揚する食べものが、ある。私の場合は煮込み料理。牛すじや、豚肩ブロック肉や、かたまりの牛すね肉などを買って調理しよう、と思うと、最高に気分が高揚する。いいぞいいぞいいぞーっと、足踏みしたくなる。買いにいく。高揚極まる。かたまり肉がずんと重たくても、気にならない。圧力鍋(なべ)でぷしゅーっとやっているときも、かすかに高揚。でもここから、じょじょに高揚はおさまり、ふだんの、たとえば米を炊(た)いたり野菜を切ったりするのとなんらかわらない平常心になる。

作ろう、と思ったときと、買っているときが高揚マックスなのだ。料理ができあって高揚が戻ってくるということもない。想像よりおいしければ感動するが、それまた、ほかの日常的な料理と同じ。

地味ながら、おでん、というのも高揚する。おでん作ろう、と思っただけでなぜこんなに気持ちがゴォオオと燃え立つのか。

私の家の近所にはおでんだね屋さんがあり、ずらりとおでんのたねが並んでいる。たこボールといった基本のものから、餃子(ギョーザ)入りとか焼売(シュウマイ)入りのさつまあげもあり、一個単位で買える。ざるを持ったお店の人に、「これとこれとこれとこれと……」と伝えていくと、お店の人はそれをぽいぽいとざるに入れていく。

高揚マックスで買うから、歯止めがきかない。「これを四個これを二個これを一個これを二個これを……」延々、指さし続けてしまう。

そして作りはじめて、土鍋には入りきらず、寸胴(ずんどう)鍋まで出てくる始末になる。こうなると、すでにかつての高揚がうらめしい。

反対に、まったく高揚しない料理もある。

カレーである。カレー作りに高揚するのは男性に多いような印象を持っている。ルーを使ったカレーでも、スパイスから作る本格カレーでも、ともかく、「よし、カレー」というひそかな炎がその男性の背景から見えるようである。

でも、カレーなんてつまらない。野菜を切って肉と炒(いた)めて煮るだけだ。作ろうと思い立つ、買いものをする、調理する、その過程のどこにも高揚がない。

そのせいかどうか、私のカレーはあんまりおいしくない。料理を作れないときから、これだけは作れた料理であるが、市販のルーを使っても、なんだかおいしくない。その後、ずいぶんなカレー変遷（へんせん）を試みた。ルーを使わず、スパイスの調合で作ったり、小麦粉で作ったり、肉を豚肉にしたりひき肉にしたり、入れる野菜を変えたり、和風にしたり、またルーに戻ったり。でも、いずれも、何か今ひとつ。その理由もわからない。だから私の家はカレー頻度がたいへんに低い。

でも、作りたくはないが食べたいとき、というのがあって、そういうときに高揚のないまま、作っている。そしてやっぱり今ひとつで、「外に食べにいけばよかった」と思ってしまったり、する。

ぜったいおいしいお店カレー。

全国調味料事情

神奈川県で生まれ育って、大人になってからずっと東京、という暮らしだと、食生活において驚くことが少ない。自分の身のまわりのものが全国各地で一般的だと、無意識に信じている。でもそうじゃないんだよなあ、と各地にいくたびに思う。あまりにその地になじんでいて、名産品と呼ばれるわけでもなし、話題に上ることも、おみやげになることもないものって、じつは多いと最近知った。

たとえば新潟の「越のむらさき」。めんつゆとは違う。醤油なのだが、鰹（かつお）だしや調味料が入っている。ふつうの醤油より味がまろやかで、ほんの少しぜいたくな感じになる。

こういった醤油系で私が最初に驚いたのは、香川産の「だし醤油」だ。友人にもらって、豆腐にかけて食べて、そのおいしさに驚いた。うどんにかけるとぶっかけうどんにもなる。「越のむらさき」より、もう少しだしの味が強い。

最近教えてもらったのは、秋田の「味どうらくの里」。いわばめんつゆで、料理に使うのだが、これ一本で、煮物やつゆ、焼き物、炒め物の味つけなど、なんでもできる。便利でおいしい。私はおみやげにもらうまで知らなかったけれど、秋田の人のお家には必ずあるという。

激辛好きの私には、唐辛子系の調味料も欠かせない。数年前、仕事で福岡にいったとき、連れていってもらったうどん屋さんで見つけたのが「黄金」という金色の唐辛子。これが、じつに辛い！　うれしいくらい辛い！　空港で見つけて、さっそく買って帰った。和食でも洋食でも、なんにでも合うので、使用頻度がものすごく高い。この「黄金」、なぜか京都でも同じ金色の唐辛子を売っている。どうして福岡と京都なのか、よくわからないけれど、我が家には常備されている。

こんな私の激辛好きを知って、先だって家の人が京都仕事の際、「舞妓はんひぃ～ひぃ～」という、新たな激辛唐辛子を買ってきてくれた。缶に「狂辛」と書いてある。そんな辛くなかろう、となめてかかったら、とっても辛い。しかも、唐辛子のいいにおいがほわーんとする。激辛ながら、風味ゆたか。

辛い、といえば、山形で買った「味なんばん」もとてもおいしかった。青唐辛子を醤油に浸けたものである。湯豆腐にかけたり、麺類に入れたりして、これまた重宝した。

金沢の「とり野菜みそ」という、袋入りの調味みそも、彼(か)の地ではとても有名らしいが、私は人にもらうまで知らなかった。用途として一般的なのは、鍋(なべ)のもとである。鶏(とり)や野菜を煮た鍋にその袋の中身を入れるだけ。このパッケージ、なんとも昭和的で、もし金沢ではじめて見たら、私は買わなかったろうと思う。人からもらって、食して、「あら、うま！」と認識した。なので、先だって金沢にいったとき、店頭で見つけ、しかも「ピリ辛とり野菜みそ」があったので、それを買い求めた。

今まで挙げた各種調味料、東京では、各地のアンテナショップにいかないとなかなか手に入らない。でも、またその不便さがいいのだ。秋田にいくなら、あれを買ってきて！　とか、京都に仕事でいくことになったから、黄金の買いだめを！　などと意気込むところが、いいのである。

これは京都で買った
黄金。

開けていくうどん界

うどんに、とくべつな愛をもたずに育った。大人になるまで蕎麦（そば）が食べられなかったので、年越しも私はうどんだった。蕎麦屋にいっても注文するのは、蕎麦ではなくうどんだった。うどんに、おいしいとか、まずいなんて思ったこともなかった。うどんはうどん。

私の世界に「おいしい」うどんが登場したのは、二十代の半ばだ。ひとり暮らしをはじめて、冷凍うどんを買って、それまで食していたものと異なるので驚いた。冷凍だから異なるのか、冷凍「讃岐（さぬき）」うどんだから異なるのか。冷凍うどんはこしがあって、焼きうどんにしても麺（めん）はしっかりとして、また、すき焼きや鍋（なべ）のあとに入れても、やわやわにならない。

香川で食されている「讃岐うどん」の存在を、おそらく私はこの冷凍うどんによって知ったように思う。うどんはうどん、という世界の崩壊である。うどんにはいろいろある！

　その後、冷凍ではない讃岐うどんも知ったし、稲庭うどんも知った、ほうとうも知った。

　そのなかでもっとも存在が謎だったのが、伊勢うどんだ。ふわふわした麵に、甘辛いたれがかかっている。冷たいわけでもないし、あつあつというわけでもない。麵はつるりと腹におさまり、食べたそばから腹が減る。「もしや、食べても食べなくてもよかったのではないか……」と、何か損したような気持ちになる。

　のちに聞いたことだが、伊勢うどんはたれを味わうものらしい。おいしいたれは、それはすごいという。しかも、たれの製法が非常に複雑（複雑すぎて私には理解不能）。

　その真逆が、武蔵野うどん。これまた数年前にはじめて食べて、うどん界、おそるべしと思った。黒みのあるぶっとい麵を、つゆにつけて食べる。私がはじめて食べた店では、量が半端ではない。少なめにしてもらったのに、麵は食べても食べても減らない。むしろ増殖している気がする。しかも、嚙みごたえがあるから、食べているうちどんどん満腹になる。これは一度でいい、もう二度と食べなくていい、と思いながら食べたのだが、不思議なことに、三、四か月すると、また食べたくなっている。

五島うどんというのも、このあいだ食べた。ぐらぐら煮え立つ鍋から直接とって、汁につけて食べる地獄炊き、という食べ方が多いようだ。稲庭うどんによく似た、つるつるとのどごしのいいうどんで、あごだしの澄んだ汁が非常においしい。いくらでも食べられる、やめられない系のうどんである。

年々開けていくうどん界で、私がもっとも愛するうどん、それは福岡のうどんだ。数年前、仕事で福岡を訪れた際、ラーメンラーメンと騒ぐ私に、「福岡はラーメンよりうどんがうまいのだ」と仕事相手の人が力説し、うどん屋に連れていってくれた。ごぼう天にやわらかいうどん、何より澄んだ汁がおいしい。おいしい、おいしい、と私は連呼した。

東京に、福岡うどんの店があると聞いて、いこういこうと思っているうち、閉店してしまったようである。福岡はおいしいものがありすぎて、憎いほどだ。二泊ほどの滞在だと、食べたいものを食べているうちにうどんを食べ損ねることが多い。意地でも食べる、と帰りの空港でうどんを食べ、専門店でもない空港のうどんすらおいしいことに、また感激するのである。

地獄炊きではないけ
れど、五島うどん。

総菜のジレンマ

市販の総菜は、眺めているだけでわくわくする。ものすごくたくさんの種類の総菜をグラム売りする店もあれば、お肉屋さんや魚屋さんの店頭でパック売りされているものもある。ポテトサラダやきんぴらごぼう、南瓜(かぼちゃ)の煮付け、ひじきに切り干し。五目豆なんて、作るとしたら豆を水に浸けるところからはじめねばならないのだから、総菜のほうが、食べたいときに食べられて、まったくもって便利。

が、これらの総菜、どういうわけかなんでもかんでも、私には甘いのである。

子どものころから甘いおかずが苦手だった。小学生のころ、友人の弁当のごはんにピンク色の何かがかかっているのを見て、うらやましくてたまらず、家に帰って母に説明、それが「桜でんぶ」というものだとわかるや、早速「買ってくれ」とねだり倒し、念願かなって弁当のごはんにピンクのでんぶをかけてもらった。わーい、と口に運んだ直後の戸惑いを、未(いま)だ覚えている。甘かったのだ。私はその日、ごはんを食べることができなかった。おかずだけ食べた。

ひじきや、切り干し大根といった常備菜、はたまた、魚の煮付け、野菜の煮付け、自分が思うよりも甘いと、食べるのがつらい。大人になって、さすがに残すことはしなくなったが、甘い味にはまだ慣れない。でも、どこでもかしこでも、総菜屋さんの総菜が甘く感じられるんだから、甘めの味つけのほうが一般的なんだろうと思う。

味覚が一般的だったら、家での食事はもっと気楽で、たのしかったなあとよく思う。

切り干し大根食べたいな、と思うとき、私はまず、買いもの順を決める。スーパーマーケットが苦手なので、乾物屋さんで切り干し、八百屋さんでにんじん、豆腐屋さんで油揚げ、などと考え、忘れないようにメモをし、それらを買って帰って作る。甘い切り干しが好きならば、帰りに寄るのは総菜屋さん、一軒で済むのだ!

私はホテルのバイキング朝食がものすごく好きだ。わくわくと興奮する。この興奮は「こんなにたくさんの料理を、朝っぱらから、自力では用意できない」という降参のもとに成り立っていると思う。総菜屋で感じるわくわく感も、同様だ。こんなに多くのおかずを、ひとりではけっして作れない。それなのに、ここにはこんなにある!こんなにあって選び放題! でも買えない。なんときびしいジレンマだろう。

その商品と、肉、野菜、魚などの材料だけ混ぜ合わせれば、立派なメイン料理ができる、という、「○○の素」というようなものがあるが、先だってテレビを見ていたら、この数年のあいだに、「○○」のバラエティがものすごく増えていた。昔は、麻婆豆腐とか棒々鶏とか中華料理系おかずばかりだった記憶がある。それが今では、魚を使ったものやら、具材すら買わなくてもいいものやら、みごとにたくさんあり、私は総菜屋にいるかのごとくわくわくし、いったいどれだけのどんな種類があるのか、インターネットで調べてみた。すると出てきたのはユーザー評で、ある料理の素にたいし、「自分には甘すぎた」とある。ああ、ここにも甘い罠が。私のわくわくは一気に萎え、その素系全般、結局手を出さずじまいである。求ム甘くないシリーズ！

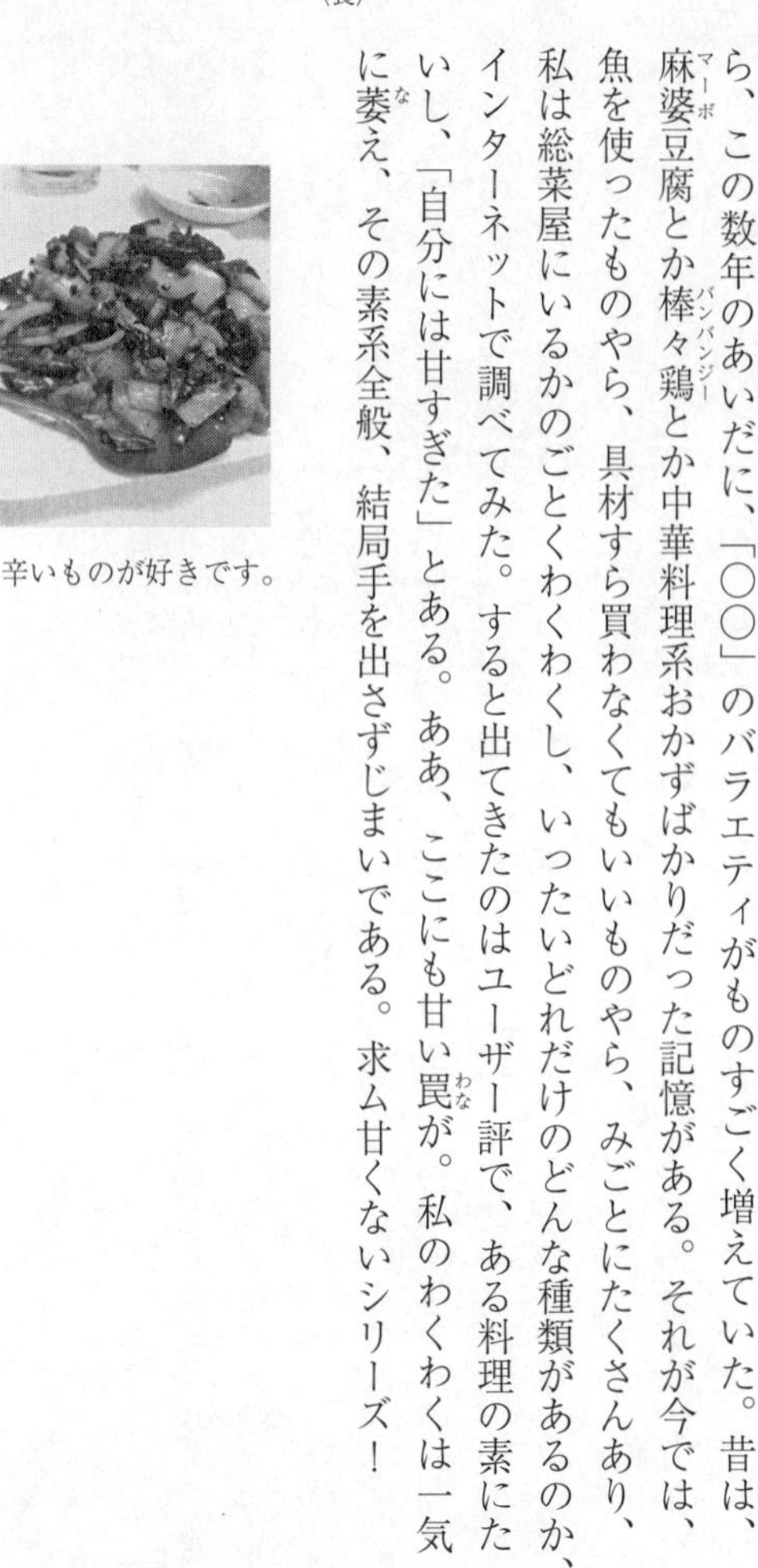

辛いものが好きです。

ラタトゥイユの照れ

料理本を見て、そのとおりに作ったら、たいていのものはおいしくできあがる。慣れてくればだいたいのことはわかってくるから、小さじ一とか、大さじ二、などという指令を無視し、目分量にしてもたいした問題はない。

しかしそれでも、本のとおりに作っているのにうまくいかないものもある。

ラタトゥイユを私はうまく作れない。茄子(なす)だのズッキーニだのパプリカだのとトマトを炒(いた)めて煮こんだ料理である。おいしいラタトゥイユは、本当に「えっ」というくらいおいしい。あのおいしいラタトゥイユを作りたいのだが、どんなレシピで試してみても、なんだか今ひとつ。

コツは、すべての野菜をべつべつに炒めること、と本で読み、面倒だが致し方ない、とそのとおりにしてもみたが、結果はおなじ。

ラタトゥイユなんて、作らなくてもかまわない。夏野菜は夏野菜でべつの料理法にしたらよろしい。けれど夏になると、やっぱりラタトゥイユを食べたくなってくる。たくさん作って、ひんやり冷やしておけば、日持ちもするし便利だなあとうっとりと考えて、作ってしまうのだ。

つい数日前も、作った。やっぱりまあまあだった。まずくはないが、すごくおいしいというわけでもない。

翌日、弁当にラタトゥイユを入れた。ラタトゥイユと、アボカドとベーコンで作ったサラダもどきのものと、アスパラガス、卵焼き、みたいな弁当だった。

その日の午後、雑誌の取材があった。私が弁当を毎日作っていることを知っているインタビュアーの女の子が、そういえば、今日は何弁当だったんですか、と取材の合間に訊いた。

おかずは四種類あったが、おかず名がちゃんとあるのは卵焼きとラタトゥイユである。卵焼きは主役ではないし、うーん、じゃあ、と考え、「ラタトゥイユ弁当です」と答え、答えたとたんに猛然と恥ずかしくなった。なんだかとっても洒落た食卓が浮かんだのである。本も資料ものっていないテーブルに、アイロンの掛かったうつくしいランチョンマットに、琺瑯製のかわいらしい容れものに入ったラタトゥイユ、紙袋からのぞくバゲット……のような。実際は、資料と本とFAX紙がとっちらかったテーブルの片隅に、アイロンも掛けていない弁当包みを広げ、弁当箱代わりのタッパーウェアに詰めた、昨日の残りものを食べただけである。なのに、何かをごまかして、自分を不当に底上げして見せたような気がしたのである。ラタトゥイユ、という響きには、ちょっと恥ずかしいくらいのお洒落感がある。

そうして私は気づいた。ラタトゥイユにたいして、私はいつも何か照れがある。「この私がラタトゥイユ」というような、かすかな照れ。そうか、ラタトゥイユがいつもイマイチなのは、この照れのせいではないか。今度は、夏野菜のごった煮と思って作ってみよう。照れが消え、おいしくなるかもしれない。ラタトゥイユとは異なる料理になるのかもしれないが。

いただいたトマトで
作ってみたのですが。

天ぷらの願い

家で作るより、外で食べたほうがぜったいにおいしいものベスト3のひとつに、天ぷらがある。しかし天ぷらは、家庭料理という側面も持っている。フランス料理や鮨(すし)は、作れる素人(しろうと)もいるだろうけれど、家庭料理ではない。だから、外食のほうがおいしい、とは思わず、外食するもの、と決めてかかっている。

天ぷらは、家でも作る。家の天ぷらのよさも、あるにはある。まず、好きな具材を揚げることができる。ごぼうとにんじんのかき揚げなんてまず天ぷら屋さんでは食べられない。いも天が好きならいも天ばかり五枚も六枚も揚げたっていい。

天ぷらのすばらしいところは、天ぷら屋さんよりも数段劣るが、それでもおいしいという点。ころもがぶ厚い、とか、海老(えび)が曲がってちいさくなってしまった、とか、かき揚げがばらばらに、とか、いろいろあっても、食べれば、ちゃんとおいしい。ばらばらになったかき揚げだって、寄せ集めてたれにつけて食べたらおいしいのだ。揚げたてにかぎっての話であるが。

ごくまれに、自分でも驚くほどうまくできてしまうときもある。このときの感動。私、天ぷら上達したのかも。もう天ぷら名人かも。と自惚れる。そういうとき、私は一週間以内にもう一度天ぷらを作る。実力のほどを確認したいがためである。けれど、かなしいかな、奇跡の一度は奇跡の一度で、二度目はそこまでうまくはできないのである。

実家で暮らしていたときは夕食によく天ぷらが出た。外食と比べてどうこうなどと言わなければ、天ぷらはそう躊躇せず作れる料理なのだろう。そして、家族向き。天ぷらは、自分以外にも食べるだれかがいないと、作る気にならない。カレーも鍋も、自分だけのために私は作るが、天ぷらはまず作らない。豚カツも唐揚げもポテトフライも、食べたいと思ったら自分ひとりでも揚げるが、天ぷらは揚げない。

自分以外のだれかのために作る料理——、そう考えると、天ぷらはなんだかやさしい料理のようであるが、当然、その「だれか」にたいして要求がわきあがる。

天ぷらが揚がり食卓が調って、「ごはんですよ」となる。それで家族のメンバーがすぐさまあらわれればいいが、はーい、といったきり席に着かない。作り手はじりじりと怒り、「ごはんだってば」と声の音量を上げる。返事はあるが、あらわれない。

怒りは絶望にかわる。「もう食べなくていいッ」と言ってしまうほどの、作られる側にしてみれば理不尽な絶望である。

餃子(ギョーザ)でも唐揚げでもハンバーグでも煮魚でも、こんなには怒らないし、こんなには絶望しない。カツも唐揚げも、そりゃあ揚げたてを食べてもらいたいが、これまた、そこまで怒りも絶望もしない。天ぷらだけ、「ごはんできました」のときに、ちゃんと食べてほしいのである。そう強く願っているのは私だけではあるまい。

家庭料理としての天ぷらを作ってもらう側のみなさん、ごはんですよと呼ばれたらすみやかに食卓に向かうこと。外出先で、あと十分で着きますと帰るコールなり帰るメールをしたら、寄り道せずにきっかり十分後に帰ること。それをどうか心がけてください。

天ぷら屋さんでは、話に夢中になったりせずに、できたてを頬張(ほおば)ることを私も心がけている。

ごはんと呼ぶと、こ
の子はすぐにくる。

世界餃子(ギョーザ)とうち餃子

料理のなかでも餃子は得意だ。餃子を愛しているがゆえに、得意料理となったのだと思う。

時間のあるときは皮をねってまるめて作っているけれど、まるめる作業がなかなかにむずかしい。面倒だ、と思ったらすぐあきらめて、市販の「皮」を買う。

中国では焼き餃子は一般的ではない。蒸し餃子か水餃子が一般的だ。そうして、餃子はごはんとともに食べない。餃子の「皮」が炭水化物、つまりごはんの役割を持っていると考えられているらしい。だから、餃子定食のようなものはない。

三年前に、新潟からウラジオストクに入り、そこからイルクーツク、バルト三国を抜け、パリを目指す、という旅をしたのだが、どこまでいっても餃子的な料理があって、驚いた。ロシアはペリメニ、バルト三国にもその先のポーランドでも、名はわからないが餃子的な料理があった。みな、何かのソースに浸(つ)かっていた。考えてみれば、ネパールにもトルコにもモンゴルにも、モモ、マントゥ、ボーズと名は違えど餃子的なものがある。すごいなあ、餃子の世界分布力。

私の作る餃子の具は、生姜、にんにく、にら、豚ひき肉、キャベツ。トマトや茄子、明太子やチーズ、紫蘇餃子なども作るが、でも、シンプルなものがいちばんおいしいと思う。

考えてみれば、二十年ほど、年に数回は餃子を作っているのに、皮と具の一致を見たことがない。市販されている餃子の皮は、たいてい二十四枚入りである。大判のものもあるが、それも二十四枚。よし、二十四枚、と思って、具を用意する。人数が多いときは倍の四十八枚。

合わない。皮か具か、どちらかが余る。「余る」ということは、よくあるのだと思う。余った皮や具の使用法について、インターネットなどなかった時代から、情報はいくつもあった。皮は揚げてサラダにのせたり、ミニピザ風にして焼いたり。具は肉団子にしたり麻婆豆腐にしたり。

どちらかが余ると、「ああ、余らせてしまった」とかすかに落ちこみ、この落ちこみを忘れたいがために「冷凍してあとで活用しよう」と思い、冷凍する。冷凍したまま日にちでも、告白するが、私は一度もちゃんと活用したことがない。冷凍したまま日にちがたって処分することになる。餃子の皮と、具が、一枚も十グラムも差異なく、ぜんぶ一致したら、どれほどのカタルシスが得られるだろう。

つい先だっても、余った。具だ。このごろでは、どうせ冷凍したって二次活用できないのだから、少しの余りなら捨てるようにしていた。けれど、捨てるには惜しい量。やむなく冷凍。

その数日後、どうしても炒飯(チャーハン)を食べたくなり、冷蔵庫を開けたものの肉も葱(ねぎ)もない。冷凍庫を開けた私は、餃子の具を見つけ、「これだ！」と思った。そうしてはじめて、余った具材を活用して炒飯を作ったのである。これがまあ、思いの外おいしかった。餃子定食みたいで。

世界各国の餃子的料理には、やっぱり、余った具や皮の、その国独自の再利用方法が、情報として飛び交っているのか、たいへん気になるところである。

ポーランドの餃子的
料理。

光り輝く総菜屋

たったの三泊、タイにいってきた。バンコクのみの滞在である。

私はよほどのことがないと、くり返し同じ国を旅するということがないが、タイは今回で八度目である。今回も含め二度は仕事だが、そのほかはみな休暇。自分は前世タイ人だったのではないかと思うくらい、私はタイが好きだ。今回も、仕事だったけれど、タイだからうれしかった。

バンコクは、この四半世紀ほどで驚くくらい変わったが、屋台がそこらじゅうにあるのはまったく変わらない。屋台の種類はさまざま。汁そば屋もあれば、鶏(とり)の唐揚げのみ、串(くし)焼きの店もあり、カオマンガイという鶏肉のせごはんの店もある。甘いものの店も、アイスコーヒーの店も。

どの屋台も、じつに多くの人が利用している。日本でいえば、立ち食いそば屋の感覚と似ているのではないか。さっと食べて、さっと去る。立ち食いそば屋はチェーン店が多く、味が均一で、おいしさを求めるような場所ではないが、タイの屋台は個人経営できちんと個性がある。おいしい店はびっくりするくらいおいしいから、ありがたい。

そしてまた、量が小食の私にはちょうどいい。汁そば一杯、カオマンガイ一杯が、そう多くない。たぶん、ごくふつうに食べる人だったら、一皿では足りないだろう。と、いうのも、タイの人は一日、朝昼晩の三食、という概念を持っていない。おなかが空(す)けば、ちょこっと食べる。だいたい一日三食から五食食べると聞いた。

私がもっとも好きな屋台は総菜屋。バットに入ったおかずが、ずらりと並んでいる。客は好きなものを指して、ごはんにのせてもらう。並んでいる総菜は、カレー、青菜炒(いた)め、筍(たけのこ)炒め、揚げ卵、揚げ魚、唐揚げ、目玉焼き、肉野菜炒め、等々。おいしい店とそうでない店が当然あって、なんというか、雰囲気でわかる。おいしい店は、おかずが光り輝いて見える。おなか空いたな、と思って道を歩き、総菜屋さんを見つけても、おかずが光り輝いていないと私はそこでは食べない。嘘(うそ)みたいだけど、本当なんです。

おもしろいのが、この総菜屋台のおかずを持ち帰る人が多いこと。その場で食べる人もいるけれど、朝や夕方は、おかずを指してビニール袋に入れてもらって、持ち帰る人が多い。違うおかずの入ったビニール袋をいくつも提げて歩いている女性もよく見かける。タイでは昔から外食が日常的で、家で料理をするということが少ないらしい。おかずも、そうやってできあいのものを買って帰ってごはんにするのである。なんてうらやましいのだろう！　あんなにおいしい何種類ものおかずを買ってきて、テーブルに広げることができるなんて。

仕事の合間にずっと屋台でごはんを食べていたのだが、最後の日くらい、冷房の効いた店に落ち着いて座って、冷たいビールを飲みながら何か食べようと、よさそうな飲食店をさがした。家族連れからカップルからグループから、タイ人で混み合っているあたらしい店があり、こんなに混んでいるのならおいしいのだろう、と入ってみた。まったく残念なことに、チェーン店らしい「まずくもないが、とくべつおいしくもない」料理が出てきた。最後まで屋台愛を貫けばよかったと後悔しつつ、食べた。

この屋台は光り輝く
系。

あなたは何把（ば）？

素麺（そうめん）を見なおしたのは、小豆島を旅してからだ。それまでも素麺は、夏場になると食べていたが、とくにきちんと意識したことはなかった。二〇〇五年に訪れた小豆島で食べた素麺が、衝撃的においしくて、素麺にたいする意識を私は変えた。その後、奈良の三輪を訪ねたときに、おみやげにもらった三輪素麺も、すばらしくおいしかった。

素麺、と意識してみると、なんとたくさんの種類と値段があることか。おんなじメーカーの素麺にしても値段の開きがある。餅（もち）がそうであるように（と私が信じているだけだが）、素麺もきっと、値段の安いものよりは高いもののほうがおいしいのだと思う。

種類も値段も激しく違うのに、たいてい共通しているのが、一把（わ）の分量。親指と人差し指できゅっとマルを作って、そこにおさまる程度の量だ。もちろん、大門（おおかど）素麺のように束になっていない素麵もあるが、多くの素麵は、帯で巻いてある。

ふつう、人はこれを何把食べるのだろう？　と、茹でるときにいつも思う。そういえば、ひとりで食事の用意をするようになった二十代のころから思っている。

一把では少ない。でも、二把だと多い。私は小食なのだ。でも、一把と半分はいやだ。あの帯みたいなものをとって半分使ったら、のこりが箱のなかでばらばらになる。

三、四人で飲んでいたりすると、また迷う。男は二把では足りないだろう。三把？　まさか四把ではないよな……。でも今までさんざんべつのものを食べたから、少なめのほうがいいのか。そんなふうに計算し、十把ぐらい茹でて出すと、のどごしがよくて〆として食べやすいのか、みんなするする食べて数分で皿がカラになることもある。じゃあ多めに、を心がけると、皿に残ったまま乾燥して、数本持ち上げようとするとぜんぶ持ち上がったりする。

今年の夏も、私はずっとそのことを考えながら素麵を茹でていた。私はもう二把と決めている。二把茹でて、おかずの加減で、多ければ残せばよろしい。でも、茹でる前に必ずあの把を親指と人差し指でつかんで思う。ふつうの人は何把？　と。

こんなことをつい思ってしまうのは、あの一把の量が心許ないくらい中途半端だからではないか。パスタも、メーカーによってはそうして帯がついているものもあるが、あの一束は、まったく不安にならない。一束半、という使いかたもできる。帯をほどいて半分とっておくことも、パスタならばそんなに不安にならないのだ。乾麺の蕎麦もしかり。束になっていても、その量に不安を覚えることはない。

素麺の、一把の量をもう少しなんとかしたらいいのではないかと思う。持ったとき、「よし」と思えるような、納得の量に変えるべきではないか。でもそうしたら、素麺の持つ可憐さは失われてしまうのだろうか。この心許ない感触に慣れきっている私たちは、束がもっと太かったりしたら、「こんなの素麺じゃない」と思ってしまうのだろうか。夏に残った最後の素麺をすすりながら、そんなことを考えている。

もうすでに、あたたかいお蕎麦の季節ですね。

材料に勇気

作家のSさんちに遊びにいくと、毎回すばらしくおいしいものが出てくる。パートナーの方がプロ並みに料理上手なのだ。あるとき、〆(しめ)にナポリタンを作って下さった。これがびっくりするほどおいしい。毎日食べたいほどおいしい。ソースは、ケチャップ以外に何が入っているのか訊(き)くと、ケチャップしか入っていない、とのこと。えーっ。私には意外だった。

ナポリタンスパゲティは、だれにでもそこそこ作れるけれど、そこそこの味にしかならない、というのが持論である。かく言う私もそこそこのナポリタンしか作れない。そこそこを超えようと思って、ケチャップにトマトピューレを入れたり、白ワインを入れたりして、工夫する。でも、そこそこの域だ。それなのに、こんなにおいしいナポリタンが、ケチャップのみ？　ってことは、私はいろいろやり過ぎてしまったのだろうか……。

あまりにもそのおいしさが忘れられなくて、翌週、私もナポリタンを作ってみた。ベーコンと野菜を炒め、パスタを投入し、そしてケチャップ。このとき、ふと思いついたのが、私はいつも、ケチャップの段階でびびっていなかったか、ということ。ケチャップの量にびびり、結果、少量しか入れず、それをほかのピューレやウスターソースやあれやこれやで補塡していたのが、「そこそこ」の原因ではないか。そういえば、あのすばらしいナポリタンはケチャップがたっぷりしていた。

そして私は勇気を出して、不安になるほどのケチャップを投入したのである。とはいえ、もともとケチャップの量にびびって少量しか入れていなかったのだから、勇気を出して、といったって、驚くほどの大量ではない。

自分としては最大の勇気を振り絞ってケチャップを大量投入したこのナポリタン、Sさん家にはかなわないにしても、自分史上ではいちばんおいしかった。

もしかして、料理には、勇気の必要な局面もあるのかもしれないと、このケチャップ事件で私は思うに至った。

以後、私は料理における勇気について考えるようになった。料理なんてものに、そんなたいそうなものを結びつけたことはなかったが、しかし案外、必要なものではないか、勇気って。

そうだ、寿司飯を作るときの砂糖もそうだ。「えっ、こんなに？」と不安になるくらいの砂糖を、勇気を振り絞って入れないと、寿司飯は今ひとつになる。麺の表面のかりっとした、中華料理店風の焼きそばを作るときも、やっぱり勇気が必要なくらいの油を最初に入れないといけない。つい、躊躇する。その量にどぎまぎする。それで、そこそこになる。そうだ、たしかにそういうことは、多い。

私はポテトサラダ作りが妙に苦手で、生クリームを入れるとか、酢を入れるとか、いろいろやってみたけれど、一度もおいしく作れたことがない。もしかしたら調味料ではなくて、マヨネーズを投入する勇気が足りなかったのかもしれない、と今気づいた。

この秋、生筋子を買ってきて、いくらの醤油漬けを作るとき、身をほぐすのにも勇気が必要だと気づいた。そーっとやってはいけない、いくらがつぶれるかも、なんてびびってはいけない。ごしごし、ごしごし、しごき出す。なんにも問題ない。

勇気が必要なもののレシピには、具材とともに「勇気」と書き入れたレシピ本をぜひ作っていただきたいものだ。

食べるのには勇気は不要。

基準腹

私は小食である。私といっしょに食事をするのがいやな人は多いだろう、と思うくらい小食である。小食の人といっしょにごはんを食べるのって、つまらないものねえ。

つねづね思うのは、世のなかは、小食仕様にはなっていないということだ。昨日いったラーメン屋では、ランチタイムには大盛りが無料らしく、お店の人が来客ごとにそう告げている。学生街の店だったので、若い人が多く、みなそれを聞くと「やった！　じゃ大盛り」「おれも」「おれも」「おれも」となっている。こういうとき、うらやましくて歯噛(はが)みしそうである。

ランチタイムなら、ラーメンに無料でライスがつくという店もある。お店の人にそう言われて、「あ、そうなの、じゃ、ちょうだい」と言う人も多い。私また歯噛み。だいたい、私はラーメンの丼(どんぶり)ひとつも完食できないのである。麺(めん)が少し残るのである。無理して食べると夜まで気持ち悪いのである。だから可能そうなところならばしょ。

「麺少なめでお願いします」と言う。でも、麺少なめにサービスはない。値段もいっ

またべつのランチの話。その店は、パスタ単品、飲みもの単品、Aセット（サラダ、パスタ、デザート、飲みもの）、Bセット（サラダ、前菜、パスタ、デザート、飲みもの）というメニュウ構成である。Aセットは千円だが、パスタ単品と飲みもの単品を頼むと、千三百円〜千五百円。何か妙だが、私はサラダとデザートが不要。サラダを食べたらそのぶんパスタが入らない、パスタをぜんぶ食べたらきっとデザートは入らない。頼んでおいて、残すのはいやだ。それでやむなく、単品パスタと単品飲みものを頼むことになる。

ところが、頼んでもいないサラダが運ばれてきた。しかも小皿にのったミニサラダではなく、大皿にドーンのサラダ。「頼んでいません」と言うと、「Aセットのほうが安くなるので」とお店の人。「でも、いらないんです」と言うと、不思議そうな顔をしてサラダを持って戻る。

メニュウの構成をするときに、お店の人はひとりたりとも、「サラダとデザートを食べたくない人がいるかもしれない」と思わなかったのだろうか。「単品でパスタと飲みものを頼むと、Aセットより値段が高くなって、何か矛盾が生じる」と考えなか

ったのだろうか。

もちろん、思わなかったし考えなかったのだ。だって、そのくらいふつうに食べられるから。

あんまりお客さんの多くない焼き鳥屋に入ってしまったとき、私の注文したもの以外に、手羽先がサービスで出てきたこともあった。たぶん、顧客を増やすための策だったのだろう。けれども私はこの店と縁が切れたのを感じた。だって、手羽先。焼き鳥のなかでいちばんかさばる串。一本食べたら、好きで注文したべつの一本が入らなくなることは必至なのだ。こんなに量の多い串を、よろこばない人がいるかもしれないとお店の人は考えないのだろうか。

もちろん考えないのだ。だってみんな手羽先くらい食べられるから。

世のなかの人はたくさん食べられるんだなあと私はいつも思う。すべての店も大食いが基準腹である。サービスというと、マイナスではなくぜったいにプラス。プラスすればするほどサービス満点感がある。

しかしながら、最近バル系の飲み屋が流行っているのは、量の少ない小皿料理を好む人が増えてきたからではないか？　などと、かなり自分勝手な解釈をはじめる昨今である。

上海蟹は一匹食べられます。

記憶スパイス

記憶に深く染みついている食事、というものがだれしもある。幼少時ではなく、もう少し大きくなって「こんなにおいしいものがあるのか！」と思い、そのまま記憶に染みこんでしまった味。大人になって、ほかの人の反応を見ると、どうもそんなにおいしいというわけでもないらしい。でも、それを食べるとやっぱり記憶と相まっておいしく感じてしまう……というようなしろものだ。

飲み会の場で、あるインスタント麵が話題になったことがあった。一時期人気を博したが、今は店頭では売られておらず、インターネットでしか買えないと言う。出身地も世代も違う何人かが知っていて、盛り上がっている。彼らはネットでまとめ買いしていると話していた。私はその食品を知らなかったが、ものすごく気になったので買ってみた。そうして食べて、「？」と思い、ああ、と思い至った。あの人たちは自覚のないまま、記憶の味覚について話していたのだなあ。あんまりにも記憶に染みついてしまって、これがおいしくないかもしれないなんて思わないのだなあ。食べると、瞬間的に記憶が味を補うのだ。

それから、中部地方にたくさんある麺のチェーン店。関東で育った私はこの麺を食べたことがなく、このチェーン店も大人になるまで見たことがなかったのだが、静岡や名古屋で育った人はこの店の看板を見るとかならず反応する。何かしら語る。でも私にはわかる。彼らがおいしいと言うその味から、彼らの記憶を差し引いたら、きっとそんなでもないはずだ。

記憶の味を体験するのは、何歳ごろなんだろうと考え、どうも「中学生前後」が多いように思った。親の出す食事ではない、親と一緒の食事ではない、はじめてひとりで味わうようなもの。それが、強烈な印象として残る。

やはり、あるチェーン店の麺について、友人が熱く語っていたのを思い出す。そのチェーン店は埼玉を中心に展開する店で、知人は、やっぱり中学生のときにはじめてひとりで入って、以来、実家を出るまで通い詰めたと言っていた。最初にひとりで入るときはものすごくどきどきしたが、それ以降はまったく平気で、安くて量が多くておいしいから、中高生には助かったと語っていた。このはじめてのひとり感、大人になった感が、味覚と深く結びつくのではないか。

私の場合はなんだろうなあと考えるが、さみしいことに思いつかない。中学生のころ、自分でインスタント麵を作ったこともなく、ファストフード店でも私はひとりで入れなかった。友人たちとお好み焼き屋にいったりドーナツ屋にいったりしていたが、そういうのでは大人になった感は味わえない。そしてはたと思い当たる。ひとり暮らしをして、友人に教わって作ってみた、蟹丼。ごはんに、安い蟹缶とマヨネーズをまぜたものをのせて食べる。料理のできなかった私は、うわー、これおいしいなあと思って食べた。あれはきっと今やっても、記憶が味を補塡して、すごくおいしいんじゃないか。

ひとり暮らしをはじめたのは二十一歳のときだったので、私の場合、だいぶ遅くやってきたおとなになった感ではある。

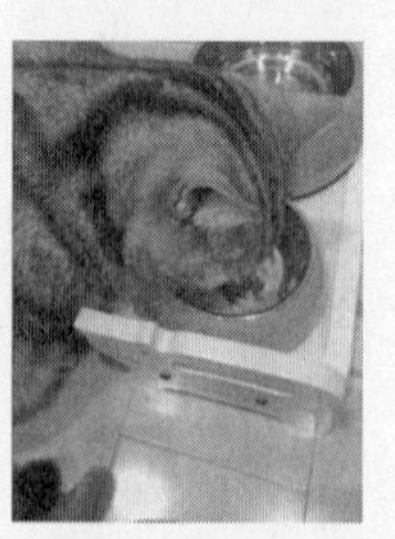

猫も缶詰の好き嫌いがあります。

人

この人は自由

そこだけケチ

　自分でもよくわからないまま、「これはとてつもなくもったいない」と思い、必要以上にケチになることがある。

　たとえば私の場合ラップだ。何かを保存するためにラップを使うとき、必要以上に多くラップを出してしまうと「ああ、やってしまった……」と、ど派手な失敗をしたかのように落ちこむ。ラップの先端が裂けていて、注意深く引き出してもずーっと裂け続けると、「もったいないもったいないもったいない」と、地団駄（じだんだ）踏みたくなるほど焦（あせ）る。

　そればかりではない、お皿にかけたラップをはがして、まーったくきれいな状態だと、そのまま捨てず、保管したくなる。その衝動に負けて「だってまだきれいだし」と言い訳しつつ、使いまわしたことが私にはある。

　そして不思議に思う。これは断じて、エコロジー精神ではない。節約精神とも違う。

もっとみみっちい、衝動的なケチ感情である。その意味不明の感情が、なぜだか、私の場合ラップにだけ発動する。ティッシュは無駄に二、三枚とって鼻をかんだりするし、三角コーナーの水切り網は、一日に二度、三度と替えることもある。牛乳パックや空のペットボトルに細工を施し、有効利用することもない。

でもラップはだめなのだ。なぜかちびちびしてしまうのだ。猫の缶詰にラップをかけるのに、二度使いまわしてしわしわになったラップを「これでいっか」と手にしたとき、急激に恥ずかしく、申し訳ない気持ちになった。

このことを、私はだれにも打ち明けられずにいた。みみっちくて恥ずかしい、というのもあるが、何をどう説明していいか、わからない。しかも「私、ラップだけ異様にケチなの」と告白されても、友人だって困るだろう。

しかし過日、私だけではないらしいという一大発見をした。友だちの家に遊びにいったら、台所にジッパーつきのフリーザーバッグが干してあった。一枚じゃない、三枚。おおっ、これは！

フフフ。きっとこの人はフリーザーバッグケチだわ。私はほくそ笑んだ。ラップは捨てるだろう、アルミホイルも多く使っても反省しないだろう、でもフリーザーバッグは使いまわすのだ。なぜかフリーザーバッグだけに発動する、衝動的なケチ感情で。

いや、もしくはエコ精神なのかもしれないけれど、私はそう思うことにした。そして、そのことについて彼女にいっさいの質問をしなかった。これ何回くらい使う？　とか、ラップも使いまわす？　とか、ほかのものはどう？　とか、いっさい訊かなかった。私が訊かれたらいやだというのもあるけれど、万が一リサイクルについて真剣に語りはじめられたら、もっと恥ずかしくなるから。

　それにだけ特殊に働くケチ感情、ないでしょうか。スーパーマーケットで、透明のビニール袋をグワーッとまわして大量にとっていく人を見かけたことがあるが、あの人もきっと、透明ビニール袋ケチなんじゃないかなと思う。

ラップの写真がないので、私の好きな居酒屋メニュウを。

保守的か否か

食べつけないものにぜったいに手を出さない人を見ると、「お子さん……フッ」と思う。子どもは本当に見慣れないものを食べない。このあいだ同席した子どもはアボカドディップをぜったいに食べなかった。私も三十歳までそうだった。なまこなんて、どんなに勧められてもぜったい口にしなかった。子どもは味覚には保守なのだ。大人になればなるほど、革新的になる。かくして人は、パクチーもピータンもおいしいと思うようになるのである。

そうした食材とはまったくべつな部分で、お菓子保守、ジュース保守、というジャンルがあると私は思っている。

スナック菓子にしろ、チョコレートなどの甘い菓子にしろ、ものすごくたくさんの新製品が出ている。ポテトチップスだって、梅味とか岩塩味とか韓国のり味とか明太子味とかチーズ味とか本当にたくさんある。そのなかのいくつかは消えていく。反して、ずーっと昔からあるオーソドックスなお菓子もある。ポテトチップスなら塩味やコンソメ味。かっぱえびせんや、カールはかなり昔からある。歌舞伎(かぶき)揚げ、サラダせんべいなどもある。

ジュースもまたしかり。すいかスカッシュとかパインジュースとか杏仁(あんにん)味の飲みものとかが次々とあらわれるなか、昔ながらのコカ・コーラ、ペプシ、マウンテンデューなどがあり続けている。

友人たちを見ていると、みごとに保守派、革新派にわかれる。

お菓子を買うときぜったいに冒険せず、子どものころから食べていただろうものだけを買う保守派。欲している、いないにかかわらず、新しいものはかならず試す革新派。おもしろいのが、お菓子とジュースにかんしての保守・革新は、それぞれいっさい関係しないこと。退屈なほど、保守的お菓子ばかりを買ってくるAちゃんが、「えっそんなの飲むの」というような斬新(ざんしん)なジュースを飲んでいたりする。料理とともにまた関与し合わない。子どものように見慣れぬものを口にしないBくんは、新製品のお菓子しか買わなかったりする。

私は、お菓子は革新派で、飲みものは保守派だ。あまりお菓子は食べないが、無性に食べたくなるときもあり、そういうときは買ったことのないものを買う。三種のチーズ味のポテトチップスとか、ハバネロナントカとか。しかしジュースは、「これはものすごくおいしいよ」と人に勧められないかぎり、新発売ものは買わない。飲みもので冒険したくない。なぜなのかは自分でもよくわからない。

きっと、この保守・革新は、さまざまなジャンルがあるのだろうな。おにぎりの具も、カップラーメンも、アイスも。

……と書いていて気づいた。みんなコンビニエンスストアで売っているものだ。コンビニエンスストアを支えているのは、私たちの保守精神、革新精神なのかもしれない。かもしれない。

新発売だけど、味は
保守。

なぜ私……？

近所に、蜂蜜専門店があって、よく買いにいく。あるとき店にいくと、何かの取材らしくテレビカメラが入っている。お店の人にインタビューしている。お客さんはふつうに買いものをしているので、私も店に入り、品物を選んでレジで精算した。店を出ようとすると、カメラがこちらを向いていて、「ちょっとお話聞かせてください」と、インタビュアーがにこやかにマイクを向ける。えっ、と私は内々で驚き、いいです、あの、いいですいいです、と断るが、「ほんの少し、ほんの少しだけでいいんです」と先方は食い下がる。

私は有名人ではないが、小説を書いていて、取材などをされ写真が新聞に出たりもするので、顔を見知っている人もいるにはいる。そういう人に、蜂蜜を買って得意げに何か話している私を見られたら、恥ずかしいなんてものではない……と、ごうごうと自意識が煮えたぎり、逃げるように店を出た。

　まったくべつの日。学生時代の先輩に、トレイルランの指導をしてもらうために東京西部の山を走っていた。ときおり登山客とすれちがったが、だれもいない山道にさしかかり、黙々と二人で走っていたところ、前方にカメラを持った人たち何人かがいる。なんだあれ、と思うまもなく彼らは私たちに気づき、「ちょっとお話いいですか」と訊く。へ？　と立ち止まると、「専門的な知識もなく茸狩りをする登山客が増えていますが、どう思いますか」とマイクが向けられ、カメラが向けられる。（いったいなぜ、そんなことを、汗だくの私たちに……？）と思いつつ、「それは……危ないんじゃないですか……」などと、私と先輩はまじめに答えた。

　先だってのことである。三十キロを走る大会があった。フルマラソン前の練習として出場し、さんざんな結果になり、でもゴール後にただでビールがもらえたので、満面の笑みで飲もうとしていたところ、「ちょっとお話聞かせてください」と、新聞記者に話しかけられた。ランナー二十八人に話を聞くという。え、私でいいんですか、と訊くと、ぜひお願いします、とコメントを求められ、写真も撮られた。その記事は翌週、その新聞にちいさく出ていた。もちろん、小説家としてではない、大会に出た、四十代半ばの女性として、である。

　以前から、道や乗るべき電車を訊かれたり、宗教に勧誘されたり何かを売られそうになったり、するほうではある。私はよほど話しかけやすい顔なのだという自覚がある。しかし、こうも続くと、何か不思議な気がしてくる。話しかけやすいというより、一般人を代表するような、ものすごく一般的な顔つきである、もしくはそのような雰囲気を持っているのか。

そしてつい数日前のこと、フルマラソンに出場したのだが、終了後、友人たちと会場でビールを飲んでいると、マイクとカメラを持った一団が、その他大勢の参加者たちをかいくぐって、まっすぐこちらに向かって歩いてくるではないか。そして私たちにマイクを向け、地元テレビの生放送に出てほしい、という。「今日はどちらから?」「走ってみて、どうでしたか?」インタビュアーにマイクを向けられ、「たいへんだったけど、たのしかったです」と答える私。

どうもありがとうございました、と去っていくスタッフに、友人のひとりが「この人作家だよ」と私を指すと、(意味わかんない)という顔でほほえみ返された。——作家として、私、いったいどうなんであろう……。

これがその取材記事。

愛された証拠

ずっと昔から不思議に思っていることがある。

ものを食べるとき、口をしっかりしめないせいで、くちゃくちゃと音をさせる人がいる。たいてい、というか、私の知るかぎりぜんぶ男の人だ。どの世代にもいる。二十代にもいれば、六十代にもいる。二十代だった男の子は、くちゃくちゃと音をさせて食べながら、三十代に、四十代にと年を重ねる。

この「くちゃくちゃと音をさせて食べる」という行為を、好ましいと思っている人は、まずいない。女性の場合、毛嫌いしている人が多い。気持ちが悪くなる、と言う人もいれば、あの人とごはん食べないようにしている、と言う人までいる。そんなにも、「くちゃくちゃ」は嫌われている。

私の謎は、ここである。それなのに、なぜ、くちゃくちゃと音をさせてものを食べる人が、いっこうに減らないのだろう。

謎とはいっても、答えはかんたんである。ひとつしかない。それは「だれも注意しないから」。本人は、気づかないのである。だれかを不快にさせていることも、いやもしかしたら、自分が音をたてていることにすら。

そしてここでまた、謎。どうしてだれも、男には注意しないのだ？

くちゃくちゃとものを咀嚼する女性がほとんど、あるいはまったくいないのは、成長期のどこかでだれかに注意されたからだ。かく言う私がそうだ。幼稚園に通っていたころ、口を開けて嚙むときに音が出る、そのことに私は恍惚とし、また、そのようにものを食べる自分をかわいらしいと思い、わざとそうしていて、あるとき、母親にものすごい勢いで罵倒された。しかも、「かわいらしいと思っている」部分まで指摘されて、自意識がひどく傷ついた。

以来、私はしっかりと口を閉じてものを咀嚼するようになった。そのようにしながらも、音が出ているのではないかと不安になることすらある。

曖昧な記憶だけれど、中学生くらいまで、音をたてて咀嚼する女子はいたように思う。でも、大人になるとまったくいなくなる。教えられ、学ぶのだ。音をたてて咀嚼、は、女性には許されざる重要事なのだろう。

でも、男性には許されている。不思議である。まず、母親が許すのだろう。かわいいし、男だからいいと思うのかもしれない。さらに、成長して、友だちが許す。男友だちはそういうことを気にしないのだろう。そして、彼女が許す。好きだから許しちゃうのだろう。その後、妻が許す。交際時に好きだから許し、その後注意しづらくなったのだろう。同僚も上司も部下も許す。そんなことは仕事に関係ないのだろう。かくして、男の人はどれほど年老いてもくちゃくちゃ食べている。しあわせなことだと思う。その人にとっては。愛され、許されてきた証拠なのだから。

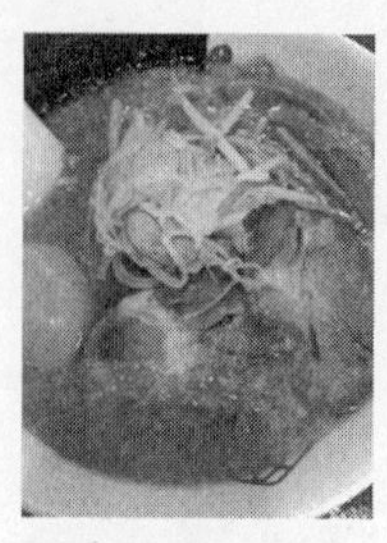

本文とは関係ない、
深夜のラーメン。

ちいさな恐怖症

高所恐怖症とか、閉所恐怖症とか、人はいろいろなものをこわがる。「そんなことがこわいの？」と、驚くようなものをこわがる人もいる。犬とか、酔っぱらいとか、風の音とか。

私もこわいものは多い。高い場所がこわい、速い乗りものがこわい、大声がこわい。そのなかで、自分のことながら、もっともちっこい恐怖症がある。あまりにちっこく、みみっちい恐怖なので、人に言えない。

それは、「落下恐怖症」。飲食店で、コップや皿や携帯電話を、テーブルの端に置く人がいる。それが、こわい。何かの拍子で床に落ちることがこわい。でも、その人たちはまったく気にも留めず、それらを端っこに置いたまま、たのしげに話している。たのしげに話すあまり、手を派手に動かす。ひやひやする。その手が、ぱーんとコップや携帯電話を振り落としそうなのである。

「それ、危ないよ」と、ここで言うことが私はできない。みみっちいことを気にして、こわがっているという自覚があるからだ。落下恐怖症が恥ずかしいからだ。それで、見ないふりをする。でも、目が吸い寄せられる。コップが、皿が、さっきよりずれて、もっと端っこにいっている。ああ……。

きっと、落ちないのだと自分に言い聞かせる。みんな大人なのだから、コップが端っこに置いてあるということをちゃんと意識している。意識して、落とさないように派手な身振りをしている。と、思おうとするが、どうも、そのようには見えない。みんなもっと無頓着(むとんちゃく)に見える。

落ちたら落ちたで、いいじゃないか。今度は自分にそう言い聞かせる。落ちたことで、その人は次からテーブルの端にものを置かなくなるであろう。落ちたほうがその人のためになるはずだ。——しかし、落ち着かない。

落ちるかもしれないという恐怖に耐えられなくなった私は、何も言わず、手をのばしてそれらをすっとテーブルの中心寄りにずらす。驚くべきことに、じつに多くの人が、ずらされたことに気づかない。そのまたのしげに話している。つまり、彼ら彼女らは、本当に何がどこに置いてあるかなんて気にも留めていないのだ。なんてビッグな人たちだろう。それに比べ私はなんと小物だろう。

ごくまれに、私がものを動かしたことに気づく人もいるにはいる。「?」という顔で私を見る。

「あ、いや、落ちそうで、こわくて」

このときに私はようやく説明する。説明するとみんな「ああ」とうなずくが、今度は「(で)?」という顔になる。

落下恐怖症の人は、多そうで、じつはあんまりいない。たいてい私だけがびくびくと気にしている。それで、まったく落ちないかというと、そんなこともないのだ。何回かに一回は、だれかが盛大にものを落とし、食器が割れ、ものがこぼれ、その人の服が濡れ、お店の人が布巾を持ってくる。「ああーっ」と私は世界が終わったような気持ちになるが、みんな、大騒ぎしながら片づけて、また、元どおりたのしげに話し出す。落下させてさえなお、こわくないのである。すごいことだ。つくづく私は小物である。

この猫もよく端っこ
にいて、落ちます。

「おれの」

私の住む町はカレー街だ。カレー屋がたくさんある。「どこそこに新しいカレー屋ができた」とか、「どこそこのカレーはすごくおいしい」という情報は、同じ町に住む友人たちのあいだですぐに広まる。そういう情報が入れば、私もすぐに出向いていく。さすがにカレー街、どの店もそれぞれ個性があり、他店とはかぶらないようになっている。

某カレー店が新しくできて、前を通るたび、くらくらするくらい魅惑的なにおいがする。昼と夜の営業だが、ルーがなくなり次第閉店、と書いてある。週末などは行列ができている。

私も早速、行列のできてないときにいってみた。そんなに広くない店内はほぼ満席。オープンキッチンでカレーを作っているのは、意外にも、若い男性だ。茶色い髪にピアスをしているが、ちゃらけた人という印象ではなく、むしろ一点集中的にまじめそうな感じである。メニュウを見ると、カレーメニュウ数種類と、サイドメニュウ、さらにごはんは玄米という注意書きがある。私は玄米が好きなので、とくに気にもならず、注文した。

お客さんのなかのひとり（男性）が、「ごはんは玄米しかないんですか」と訊いた。玄米好きは女性に多いよな、男性は白米派が多いよなとなんとなく思っていると、若い店主は「白米にも変更できますよ」と答え、さらに「でも、おれのカレーには玄米のほうが合いますけどね」と、つけ加えた。

おれのカレー。その一言が私の胸に響き渡る。たしかにこの人の「一点集中的にまじめ」な印象は、「おれの」カレー、という言葉にふさわしい。でも、何か引っかかる「おれの」カレー。

カレーはおいしかった。でも、なんとなく食べているあいだずっと「私は『おれの』カレーを食べている」ということが忘れられず、素直においしいと思うことができない。

「おれの」に、なぜ私はあんなに反応したのだろうと、のちのち私は考え続けた。たぶん、私は男の人のこだわりがちょっと苦手で、さらに「おれにはこだわりがある（どーだ）」と、それをかっこいいことと疑わずに主張されることが、さらに苦手、その苦手さのなかには恥ずかしい気持ちも含まれているのだと思う。私が恥ずかしがることはないのだけれど。

もっと考えてみると、「おれの」をつけてほしくない言葉と、つけてもかまわない言葉がある。「おれのセンス」とか「おれの生きざま」とかは、「おれのカレー」的な、こちらが腰を引いてしまうような響きがある。「おれの車」も「おれの女」も、そちらのグループ。

おれの、という言葉自体が店名になっている店は案外多いのだが、ハンバーグも、イタリアンも、パスタも、なぜか、カレーほどには強烈ではない。これはやはり、件(くだん)のカレー屋の若き店主の問題ではなくて、ほかの料理はいっさいせず、平気で高価な食材を用意し、台所をさんざっぱら汚して後片付けをしない、私の男友だちの多くが、カレー作りにだけは異様なこだわりを見せて、それはそれはおいしいカレーを食べさせてきてくれた、個人的歴史によるものであると思う。

「おれの」ラーメン、
もぜんぜん平気です。

自分内真実

根拠もないし、あまりにもささやかなことなので、だれかに賛同を得ようとは思わないが、自分だけで「真実」と思っていることって、ありませんか。

たとえば、「動物好きに悪い人はいない」とか。実際は、そんなにシンプルなことでもないと思うが、そういう人を続けて何人も知ってしまうと、自分のなかでそれが真実となってしまう。「空梅雨だと、その夏はゴキが増える」、これは私の真実。たまたまなのだろうけれど、空梅雨だったときの夏、遭遇率が高いのである。

最近、私はまたある自分内真実を見つけた。あまりにもくだらなさすぎて、見つけた自分に呆れるほどだ。でもそれに気づいたとたん、同じような人に何度も会う。その、自分内真実はというと、「美人は言いよどむ」ということである。

会話をしていて、たいてい人は、話している最中に黙りこんだりしない。もっと正確な言い方があるかも、とか、こういうことをあらわす言葉があるけれど思いつかない、とか、言葉に詰まることがあると、「ほらほら、なんて言うんだっけ」など、とりあえず言葉を差し挟み、会話を続ける。

けれどときおり、何か言いかけたきり、黙りこんでしまう人がいる。指を頬にあてたり、斜め上を見たりして、じっと考え込んでいる。「私、だからそのとき……」などと言いかけ、黙る。会話している私は続きを待ってその人の顔を注視する。考えている。考えている。考えている。考え、そして彼女は「羞恥心ってこういうことを言うんだなあって思った」と、続ける。何かちょうどいい言葉をじっくりとさがして、羞恥心、にいき当たったようである。

このように何か言いかけて黙る人は、みんな美人だ！　と、なぜ私が気づいたかというと、その人が言葉を切ってずーっと考えているとき、その人の顔をじーっと見るからである。気がつけば、言葉の続きを待っているのではなく、見とれているのである。「え、何、何」と、続きを急かす気になれない。

そして思ったのだ。美人は人に見られることに無自覚に慣れているから、何か言いよどんでいるとき、相手がずっと自分の顔を見ていても、気にならないのではないか。

私は人に注視されることに慣れていないので、何か言葉に詰まったときに、相手がじーっと私を見ると、居心地悪くなり、「なんだっけ、ほらナントカって言うじゃん」などと素早く誤魔化し、会話を進める。

私はこのちいさなちいさな自分内真実に気づいてうれしくなり、言いよどむ人に会うたび、「やっぱりこの人、美人だわ、美人は言いよどむわ」と納得している。

女性誌にのっている女優さんのインタビューを読んでいると、「彼女は言葉をひとつひとつじっくりと選んで話した」などと書かれていることがあるが、それはまさしく、私の自分内真実の証明にほかならないのである。彼女が言葉を選んで言いよどんでいるあいだ、インタビュアーも編集者も、きっと彼女に見とれていたはずだ！と、なんだかうれしくなる。

うちの美人さんも長考派です。

たしかにすごいけど

「すごいね」と言われることに、子どものころから命を賭けている男性は少なくない気がする。鼻から牛乳を飲んだりする子がいたが、あれは「すごいね」と言われたかったのだろう。

女の人は自慢話に敏感だ。自分の自慢は滅多にしないか、するとしたら、「笑いに転化させて自慢」とか「卑下しつつ自慢」とか、高度な技術を用いる。他人の自慢話にも敏感で、聞くには聞くが、たいていの女性は鼻白んでいる。

けれど男の場合、自慢にかんしていつまでも無邪気だ。いろんなベクトルに向かう自慢がある。悪さベクトル、無頼ベクトル、貧乏ベクトル、金持ちベクトル、大食いベクトル、学業スポーツ関係ベクトル、有名人ベクトル、もてベクトル。なんでも自慢になるところがすごいといえばすごい。そのような自慢を聞いて、「すごいねー」と言うと、みんな一様にうれしそうである。すごいね、と言われても、照れたり、恥ずかしくなったりしないのだ。

一年に一度、人間ドックを受けている。つい先日も一年ぶりに受けた。半日ドックで、終了後、食堂で昼食が出る。私はひとりで席に着き、食事をはじめた。

隣の席に六十代とおぼしきご夫婦がいた。和やかに話しながら食事をしている。そうして食事が終わり、奥さんのほうがバリウム用の下剤を取り出した。全員に食事前に配られるのである。すると旦那さん、「なんだ、それは」と訊いている。バリウムがおなかから出ないとまずいので飲む下剤で、みんなもらっているはずだと奥さんが説明する。

「おれはそんなの、飲んだことないぞ！」と、旦那さんは急に声高に言う。

「え、みんな飲むのよ。配られたでしょ」

「いや、そんなもの飲まなくたって、水をがぶがぶ飲めば出るものは出る！」

「でも、受付で……」

「おれは下剤なんて今まで一度だって飲んだことない！　自力で出してきた！」

旦那さんは胸を張って言い放ち、「うわー、すごいね」とつい言いそうになって、はっとした。

バリウムを飲んで下剤を飲まないことは、よくよく考えれば、かっこいいことでもただしいことでもなく、はたまたそんなに強く拒否するようなことでもないと思うのだが、胸を張っている旦那さんに、何か声をかけるとするなら、なぜか「すごいね」しか思い浮かばない。バリウムを自力で出し続けてきたのは、たしかにすごい。そうか、男の人はいくつになっても、どんなちっぽけなことでも、「すごいね」と言われたいのだ。女の人ならば、下剤を飲まずにバリウムを出してきたことなど、ぜったいに自慢げに言ったりはしないだろう。

年若い友人が合コンにいくとき、私は「気になる人がいたら、その人の話にとにかく『すごいねー』と言いまくれ」と言って送り出すのだが、なかなかただしいアドバイスだったと確信した次第である。

八丈島空港の亀にも「すごいね」と言いたくなります。

一色人

ときどき、全身ある色一色でまとめている人がいる。きっと何かのポリシーがあるのだろうなと思う。林家ペーさんパー子さんというご夫婦はピンク一色だ。あの方々はテレビによく出ていて、「ピンクの人たち」と多くの人に脳内インプットされているから、ものすごく奇妙だとは思わないが、往来で、一色人とすれ違うと、ちょっとぎょっとする。

一色でかためる、というのは、何か異様な雰囲気を醸(かも)し出す。その異様さから免除されているのは黒と白。黒ずくめの人、白ずくめの人はさほどおかしくないし、案外多い。異様なのは有色。ピンクとか、黄色とか、赤とか。

私が学生のころ、学内に、つねに緑色のものを着用している先生がいた。緑のスーツ、緑のネクタイ、全身緑。持ちものも緑。一色人としてものすごく目立って、有名だった。はじめて見たときはやはり異様に思えるのだが、何度も見ているうち、ふつうになる。緑さんとか緑先生と呼ぶ人もいた。この先生が教えていたのは私の学部ではないのだが、私もちゃんと知っていた。あの先生にも、きっと何かポリシーがあったのだろう。

衣類の色彩についてとくにポリシーのない私たちは、なんとなく、一色にならないように気をつける。異様にならないように色を分散させる。色の配分を考えるおしゃれさとはまったく別の意識だ。

ところが、気を抜くと私も一色になりがちであることに、最近気づいた。打ち合わせをした仕事相手に「緑が好きなんですね」と言われて、「そんなことはないですよ」と言って、自分の姿を点検し、ぎょっとした。財布が緑。籠鞄（かごかばん）の布地部分が緑。サンダルが緑。洋服が緑ではないことにほっとした。

そうして自分の持ちものを点検してみると、緑先生を意識しているわけではけっしてないのに、なぜか緑が異様に多い。そういえば、二十代のときも、緑の革コート、緑の鞄、緑の靴で出かけようとして、緑先生が脳裏をよぎり、あわてて鞄と靴を替えたことがある。

青のときもあった。海外にテレビの取材でいったとき、着替えていて、ぜんぶ青、と気づいたことがある。セーターが青、ジーンズが青、ダウンジャケットが青、携帯用リュックが青。わー、これじゃ真っ青さんになる、真っ青さんでテレビに映るのはいやだ、と、荷物をひっくり返して青でないものをさがした。

緑も青も、熱烈に好きだという思いはない。おそらく、買いものをした際の心理状況と関係があるのではないかと思う。色彩心理学というものがあるし、カラーセラピーというものもあるらしい。オーラソーマという、二色の液体入りボトルを選ぶ心理診断も流行(はや)ったことがある。

けれど、そこまでちゃんと知ろうという気持ちにはならない。とにかく、自分が無意識に一色人になりがち、と意識していようと思うのみである。とにかく色を分散させるべし、と思うのみである。分散させすぎても、また異様さがにじみ出てくるのだけれど。

二色猫。

料理の難関

ものごとには難関ポイントがある。そこで、好きになる・ならない、続ける・続けない、が決まることがよくある。

ギターでいうならFのコードである。おさえるのがたいへんにむずかしいFのコードのことは、ギターを弾かない人でも知っているくらい、有名な難関だ。

料理にも同様に、いくつかの難関がある。

まったく料理の心得のない人が、料理本を手本に料理をはじめたとき、まず最初の難関は「適宜」であるようだ。塩、適宜。醤油(しょうゆ)、適宜。まあ、てきとうに、好き好きで、というような意味合いだ。もともと、てきとうな性格である私は、その難関は難関とは感じず、苦もなく通過した。けれど、料理嫌いの友人たちの話を聞いてみると、みな、この「適宜」でひっかかっている。「適宜って何!?　ほかはみんな大さじ何杯とか書いてあるのに、なんでここだけ適宜?」と混乱に陥り、「あーもう、料理ヤダ」となった、と言うのである。

この難関に躓いた人は、「ひたひたの水」「ふつふつしてきたら」などといった曖昧記述に、いちいち躓くことになる。料理が嫌いと言うのは、案外几帳面な人に多いように思う。

そこを通過すると、難関はけっこう十人十色になる。

たとえば私にとっての最大の難関は、「湯むき」である。料理の手順に、トマトを湯むきしておく、と書いてあるとたんにやる気が奪われる。別の料理にしようとページをめくってしまうほどだ。湯むきに似ていて難関度が高いのが、「薄皮をむく」。焼きなすや、パプリカのマリネを作るとき、表面を焼いて皮をむく、あれだ。焼いて、むく、というこの二手順が、果てしなく面倒に思える。ハードルが高すぎる。

さらに「漉す」。これもたいへんな難関だ。南瓜や空豆やとうもろこしのポタージュ、茶碗蒸しの卵液など、漉せばどれほどきれいな仕上がりになるだろうか。でも「漉す」なんて、私にしたらとんでもないことだ。布巾のようなものを出してきて、容器のようなものにかぶせて、その上につぶした食材を広げて、絞ったり、ヘラで押したりする。湯むきや薄皮むきの「面倒」と異なって、はっきりと、「できない」。バック転のように、やること自体不可能の世界になる。

「面取り」も、難関に近い。大根や南瓜など、面取りをすることで味がしみこみやすくなり、見栄(みば)えもうつくしくなる。でも、気持ちはくじける。

適当系統は私には難関でもなんでもないが、こんなにも苦手部門がある。それでも料理を嫌いになっていないのは、私にとって難関と思えることすべて、省略してもいっこうにかまわないからだ。トマトなんて湯むきしたことがなく、パプリカのマリネは皮付きでよろしい。ポタージュは野菜の粒が残っているくらいがおいしいと思えばいい。茶碗蒸しは見てくれではない、味が勝負。はたまた面取りなんてしなくても、味はしみこみます。

料理にかんしては、ずぼらな人間でよかったとしみじみ思う。

外食すると、あらゆる難関突破に感動します。

味噌汁という分身

スリランカやインドにいくと、食べるものはほぼカレーになる。ケンタッキーやマクドナルドといったフランチャイズ店をのぞけば、飲食店のほとんどがカレー屋なのである。

この「毎食カレー」を説明するときに、現地にくわしい日本の人は、「日本人にとっての味噌汁ですよ」と言う。毎食のように出てくるが、具も違うし、習慣だから飽きない。

カレーと味噌汁はずいぶん違うように思うが、それでもなんとなく、納得する。

この味噌汁であるが、人によって、というか、家によって、ずいぶん違いがある。

私がもっとも驚く差は、白とか赤とかいった味噌の種類ではなく、具である。

ひとり暮らしをはじめたばかりの若き日、うちにごはんを食べにきた友人のひとりが、私の作った味噌汁の具が多いと驚いていて、そのことに私は驚いた。多いといったってせいぜい、豆腐、ワカメ、葱（ねぎ）、くらいである。ところがその子の家では、味噌汁の具は一品、と決まっていたそうだ。豆腐なら豆腐。葱なら葱。そんなの、はじめて聞いた。

味噌汁の具の自由さについて知ったのも、他家の味噌汁による。茄子（なす）やとうもろこしが入った味噌汁を飲んだときは驚いた。茄子の味噌汁をすぐに真似（まね）してみたものの、味噌を入れる前の汁が、紫と灰色のまじったえもいわれぬ色になって怖（お）じ気（け）づいた。茄子を油で炒（いた）めるか、みょうばんというものを投入しないと、そのような色になるとあとで知った。

ベーコンやじゃが芋の味噌汁にも、ひき肉やもやしの入った味噌汁にも、驚かされた。キャベツの味噌汁は、藤子不二雄Ⓐ先生の作品『まんが道』で知った。漫画修業のために上京した若き二人が作る、節約味噌汁である。

味噌汁に、なんだって入れていいのだなあとしみじみ思うとともに、味噌汁にかんする自分の保守的さ加減にも気づかされた。味噌汁の具として、豆腐、葱、油揚げ、大根、かぶ、ワカメ、くらいしか、私は思いつかないのである。幼少時からずっと、それらの組み合わせをかえたものを、飲み続けていたのであろう。

味噌汁の自由さを知ってから、私も定番を卒業し、あれこれと具を投入するようになった。

そうして思うのは、味噌汁って、その人の個性でもあるなあということ。洋服や髪型や、好んでいる音楽、好んでいく飲食店、そうしたもので、その人のありようはなんとなくわかる。年齢を重ねれば重ねるほど、くっきりとわかってくる。若き日に「こうしたい」「こう見せたい」と思っていたものが、ぽろぽろと崩れ、「こうしかできない」となっていくからである。

思わぬところに潜んでいるのが、味噌汁である。見掛けにはけっしてあらわれないけれど、その人のお家にいって、その人の作った味噌汁を見れば、きっとその人らしさが出ていることだろう。私がいちばん「この人、自由だなあ」と思うのは、味噌汁に、南瓜（かぼちゃ）やさつま芋といった、甘い食材を投入する人である。これもまた、私のなかに巣くう昔ながらの保守が、そう思うようである。

この日の味噌汁も定番だった……。

悲観楽観

なんにも考えないでいることは、案外むずかしい。人は何かしら考えている。言葉にならないようなことでも考えている。いや、私はなんにも考えてない、という人も、ぜったい考えている。

ふだん人がぼーっとしているときに考えているのは、非常にとりとめのないことだ。論理的思考でも段階的思考でもない。「今、何考えてた?」と自問しても、ぱっと答えることができないくらい、ふわふわしたものごとを考えていたりする。

子どものころ、ぼうっとしているときに、自分が考えていたことを覚えている人は、けっこういたりする。自分に見えている赤が、他人には黄色で、他人の黄色が自分には赤だったら、一応話は通じる。だから自分は違う色を見ていると一生気づかない、ということを子どものころ思い詰めて、頭がおかしくなりそうになった、と話す友人がいる。その感じ、とてもよくわかる。

頭のなかで「うさぎ」と文字を描くのと、鉛筆を手にして「うさぎ」と実際書くのと、よーいどん、でいっしょにやったらどっちが速いんだろう？　と私はよく考えていた。

そういうことを覚えているのは、言葉を使って考えていたわけではないからだろう。ただぼうっとそんなようなことを考え続け、成長したあるとき、ようやく言葉が追いついて、「あのとき考えていたのは、言葉にするとこういうことだ」という発見がある。だから、なかなか忘れ得ない。大人になると、もやもやした言葉にならない考えは、子どものような疑問型ではなくなる。だから考え続けるということがなく、浮かぶやいなや、雲のようにすーっと消えていって、記憶にも残らない。逆に、記憶に残るような考えごとを始終していたら、私たちはパンクするのだと思う。

このあいだ、あることに気づいた。この「ぼうっとした」時間に、私がなんとなく考えているのは、なぜかネガティブ系に傾いていく、ということだ。

たとえば出張先のはじめて訪れる町で、公園を歩いているとき。見事な紅葉を見上げて、ああ、なんときれいなんだろう、この季節にここにこられてよかった、神さまっているのかもしれないな、などと素直に感動し、しかしなぜか、その感動にぽたりとひとしずく、不安がこぼれ落ちる。今ごろ家で猫がドアに挟まってくるしい思いをしていないだろうか、とか。こんなにのんきに歩いているけれどもしかしてとっくに約束の時間を過ぎているのではないか、とか。公園にたどり着いたはいいが、宿泊先のホテルまで迷いに迷ってもう帰れないんじゃないか、とか。

何かこう、ふわーっと気持ちのいい、きれいなことを考えていると、さっと雨雲がよぎるかのように、漠然としたネガティブな考えが横切るのである。その考えは、横切った時点では言葉になっておらず、ただ不安になったり、感動から我に返ったり、意味もなくあせったりする。それで考えてみると、どうも、「猫が」とか「時間が」などと、不安感を煽(あお)るようなことを今考えたようだ、と気づくわけである。

私はたぶん根っからの悲観主義者なのだろうなあとこういうとき、思う。私とは正反対に、ぼうっとしているとき、わけもなくウキウキわくわくする人も、きっといるんだろうなあ。一度でいいから、その部分の脳みそをとりかえてもらいたい。

何か考えていそうで
考えていない。

しない理由

ずいぶん長いこと親しい男友だちが、共通の女友だちについて話しているのを、何気なく聞いていた。○○ちゃんって化粧しないよね、そりゃあ顔に自信があるからじゃないの、でも化粧したところ見たことあるけど、そんなに変わらなかったよ、ああ、変わらなさそうだよね、みたいな話だった。私はものすごくびっくりして、つい彼らのあいだに割りこんで「えっ、そんなふうに考えるの」と訊いてしまった。私が話を聞いていたとは気づかなかった二人はぎょっとしつつ、「そんなふうにって、何」と訊き返す。

私がたいへんに驚いたのは、化粧をしていない、イコール顔に自信がある、という考えかたである。たしかに○○ちゃんは美人であるが、そんな考えかたがあるなんて、思いもしなかった。まして、ずーっと仲のいい人たちが、そんなふうに考えていたということにもまた、驚いた。この考えかたは一般的なのだろうか?

私は三十六歳のとき化粧をするようになったが、その理由も、「女性が化粧をしていないのは、フェミニズムを表明するようなものだ」と友人に言われたからだ。私は主義主張など持っていないし、持っていたとしても表明などしたくないのである。ただズボラで化粧をしていないだけだったのだ。

成人女性が化粧をしない、というのは、世間一般的には、一大珍事なわけなのだな。そこに何かしら理由があるのだと、人が思ってしまうほどに。けれどたいがいの素顔女性は、理由なく化粧をしていない、というのが事実ではなかろうか。あえて理由を挙げれば、面倒、時間がなかった、面倒、急いでいた、面倒、忘れた、面倒……ああ、面倒、ばかりが浮かぶ。

私はふだん化粧をしていない。まさに面倒だからだ。自宅と仕事場は徒歩十五分、仕事場ではひとり。めったに人に会わないから、必要もない。そうなると、人に会うとき、化粧をすること自体忘れてしまう。五時に出れば間に合う、と待ち合わせのために支度をしていて、その支度に、化粧の時間は含まれていない。五時二分前になって、「もう出なきゃいけない、化粧をしている時間がない、いいやもう」と、そのまま出かける。その人を五分待たせるほうが、化粧していない顔で向き合うより、よほど失礼だと思うのだが、もしかして、逆に考える人もいるのだろうか。

まさに、化粧をするのが、他人にたいする礼儀、という考えかたもあるらしい。だからなるべく、初対面の人に会うときや友だちではない人に会うとき、化粧時間を忘れないようにしている。でも、なぜ礼儀となるのか、じつのところよくはわかっていないのだが、正直、自分自身としてはどっちでもいいのである。失礼だとか、主義主張があるとか、思われるくらいなら化粧をします進んでします、というだけのことだ。

あ。でも、件の「顔に自信があるから化粧をしない」説、私は言われたことがない。なるほど、それは、きれいな人にかぎって使われる説なのであるな。私の場合は友人たちに、「あの人は面倒だからしていない」と正しく理解されているであろう。

素顔でもゆるされる
種族。

笑う、泣く、など

夢の話は自分以外の人には退屈だ、とよく聞く。寝て見る夢である。だから私は、どんなに奇っ怪で珍妙な夢を見ても、あまり話さないことにしている。でも私は、人の夢の話を聞くのが意外に好きだ。

聞いていると、どうも、「現実派」と「非日常派」がいるようである。現実の続きのような夢を見る人と、アクション映画やSF小説のような夢ばかり見る人がいる。なんとなく、人はこの二種類に分かれていて、どちらも同じ割合で見る混合派は少ないように思う。

私は現実派だ。本気で日常とごっちゃにしてしまうくらい、現実と変わらない夢を見る。しかも日々と直結している。その日小耳に挟んだ他人の話とか、こわいと思ったことが、日数をあけず変形した夢となってあらわれる。

泣きながら目覚めたり、笑いながら目覚めることがよくある。自分の泣き声や笑い声で目覚めるのである。起きたときは、たいていなぜ泣いたのか、なぜ笑ったのか覚えている。

笑う夢というのは、起きると、「なぜそんなことがあんなにおかしかったのだろう……」と思うが、目覚めたときからなんとなくしあわせで、そのしあわせはぼんやり一日続いたりする。最悪なのは泣く夢だ。どんより暗い気持ちになる。そしてたいていの場合、泣く夢は、シンプルすぎるくらい現実のつらいことと直結している。ずっと昔のことだけれど、恋人とうまくいかなくなったとたん、泣いて目覚める夢が多くなった。夢に恋人は出てこない。ほかのことで泣いているのである。いよいよ別れる段になって、この恋人が、私の欠点を並べ立てて去った。その夜、夢に母親が出てきて、幼少時からの私の失敗や間違いや悪癖をずらずらと言い立ててやめず、ついに私は泣き出し、自分の泣きじゃくる声で目覚めて愕然とした。わかりやすすぎないか自分、と思うほどだった。そうして別れてしまえば、泣く夢もぱたりとやんだ。

寝言を言っている人に話しかけてはいけない、と言う。魂が戻ってこられなくなるからだと聞いたが、民間伝承に過ぎない。私はぜったいに話しかける。揺り起こし、「今なんでそう言ったの」と問い詰め、笑っている人には「何がおかしいの、教えて、今教えて」と揺り起こす。人は本当にへんな夢を見ているものだし、どうでもいいようなことで大爆笑している。そして、半ば眠りながらも、私の問いに答えて夢の説明をした場合、その人は二度寝しても、ちゃんと夢の内容を覚えている。

先週一週間、夫が仕事で不在だったので、私はずっと猫とだけ話していた。そしてある朝、「ヤクルトにはいろんなサイズがあって、いちばんちいさいのは70ミリリットルだからだいじょうぶだって、トトちゃん！」と、名指しで猫に話しかけた自分の声で目覚めた。猫も起きて隣で私を見ている。本当にはっきりした寝言だったのだが、この時点で私は夢の具体的な内容を忘れていた。

翌日、気になって、ヤクルトの分量を調べてみると、65ミリリットル。私の寝言と、ほぼ合っている。なぜ私はおおよそのヤクルトの分量を、夢のなかで知っていたのだろう……？

ところで、猫も寝言を言う。起こしても、夢の内容は説明してくれないが。

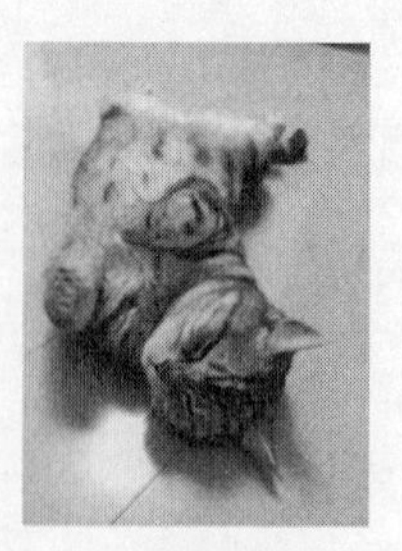

おいしい夢を見ています。

ささやかに自分発見

根がネガティブな私は、たいていのことは根に持つけれど、食べものにかんしてはさほど根に持たない。食べものの恨みはこわい、とよく言うが、食べもの関係で恨んだことがあんまりない。むしろ、食べもの関係で恨まれることをおそれている。

刺身の盛り合わせを頼んだとき、五人いたら五切れずつ出てくることがある。ひとりひと切れという算段。こういうとき、無頓着（むとんちゃく）に二枚も三枚も食べてしまう人が、ときおりいる。まぐろならまぐろだけ、二枚も三枚も。こういう無頓着な人はたいてい、食べものに執着がない、つまり恨まない人である。自分が恨まないから、そんなことで恨む人がいると思いもしないのである。

私は恨まないが、こうした割り振りには敏（さと）い。運ばれてきた時点で「あっ、ひとりひと切れ」と思う。だれかが同じものをひと切れ以上食べようものなら、「ああーっ」と世界の終わりのような気持ちになる。親しい人なら、「ひとりひと種類ひと切れだよ」とこっそり教える。いつだったか、そう注意している私に気づいた人が、爆笑したことがあった。「そんなこまかいこと、どうでもいいよ」と言うのである。

その人は食べものに執着がないから、知らないだけだ。そういう人のせいで、何か食べられなかったことをずっと覚えている人がこの世に存在すると、知らないのである。私は知っている。そういう人はちゃんと存在する。だから、「食い物の恨みは恐ろしい」ということわざがあるのだ。

夫婦や友だちなど、暮らしをともにしている関係だと、所有権争いに発展する。「私が買っておいたプリンを、この人が食べた」「ずっとあるから、いらないのかと思って」「違う、食べるのをたのしみに待っていただけだ、そのたのしみを奪っておいて、あやまらない」等々の言い合いを、きっとだれもが見聞きしたことがあるはずだ。あるいは、自分が言ったり言われたりしたことが。

そういうことも私はまったくない。けれども人の恨みを買うのはこわいので、自分で買っていないものにはけっして手をつけない。

しかしついこのあいだ、自分を疑うようなできごとがあった。とある地方都市に仕事で赴いたのだが、着いたのが昼どきだった。スケジュールには、打ち合わせをしながら昼食、とある。その地方のおいしいものを思い描いて集合場所に向かった。蕎麦(そば)

かしら、海鮮かしら、何かしらとわくわくと。しかしそこはレストランではなく、会議室のような場所で、打ち合わせの資料とともにサンドイッチが配られたのである。「サンドイッチ……」、いただいておいて申し訳ないが、私は愕然（がくぜん）とした。せめておにぎりならば、具がその地方名産だったりして、バラエティに富んでいるのではないか。

自分でも驚くほどショックを受け、そんなささいなことにショックを受けている自分にまた、驚いた。そうしてさらに驚いていることに、もう半月たとうとしているのに、まだあのショックが忘れられないのだ。「せめておにぎりなら……」と未（いま）だ思うのだ。

ああ、私も、立派な、食に恨みを持つ人間ではないか。

恨まないよう、取り分けてもらいました。

天ぷら泣かせ

世のなかには、天ぷら泣かせの人がいる。そういう人は、自分が「天ぷら泣かせ」であるなどとは夢にも思わない。たいがいにおいて、そうしたものだ。天ぷら泣かせとはなんぞや、といえば、揚げたての天ぷらの自信と尊厳を知らない人である。

たとえばの話。外出から帰宅する夫や子どもや同居人に、「今日は天ぷらだから、駅に着いたら電話して」とか、「帰る時間にメールして」などと伝える。わかった、とその人たちは答える。

実際、「今どこそこに着いた」「あと十分で着く」などと連絡をくれる。こちらは頃合いを見計らって、よし、と天ぷらを揚げる。天ぷらを揚げる係は、たいてい、天ぷらの自信と尊厳を知っているから、それはもう、計算し尽くした時間だ。その人が帰ってきて、手を洗って、着替えたりなんだりして、食卓に着いたまさにそのときに、天ぷらが登場する、そのちょうどの時間を逆算して、揚げに着手する。

しかし、天ぷらが揚がろうとしているのに、帰ってこない。天ぷらが揚がってしまう。油を切るためしばし網に置いておいても帰ってこない。天ぷらは、ゆっくり、じわじわと、自信と尊厳を失い、同時に熱を逃がし、「さくっと感」を失っていく。天ぷらが泣いている。揚げ係はそのかなしみを知り、次第に腹が立ってくる。天ぷらを泣かせるんじゃない！

外からの帰宅なら、でも、致し方ないこともある。帰るとメールしたすぐあとで、どうしても必要なものを思い出し、コンビニエンスストアにいったのかもしれない。友人に会って立ち話をしているのかもしれない。

最大級の天ぷら泣かせは、「家にいるのに、呼んでもこない」人ではないかと私は思う。ごはんだよー、と呼ぶ。はーい、と返事がある。天ぷらだから、早くきてー。はーい。声はするのに、こない。油切りの網の上で、熱を逃がし、「さくっと感」を失い、涙ぐみ、ついに泣き出す天ぷら。

「ちょっと！　天ぷら冷めるよ！」、声に怒りがにじみ出る。「今いくってば！」、怒られないために、意味もなく怒り返したりする。

こういう人、友だちにも家族にも、いるでしょう？　私はそういう人を見るにつけ、「この人はきっと幼少時から天ぷらを泣かせ続けてきたのに違いない」としみじみと思う。もちろん天ぷらは、鯵（あじ）フライでもいいし、豚カツでもいい。とにかく揚げたての揚げものは、自信にみなぎって、胸を張っているのだ。揚げものを待たせるということは、彼らから自信と尊厳を奪うこと。

天ぷら泣かせの人を更生させることは、しかし、可能である。天ぷらを泣かせる人は天ぷらのかなしみを知らないだけだ。それにくわえて、熱と「さくっと感」を失った天ぷらを、なんとも思わずに、ときにおいしいとまで思って食べることができるからだ。言葉なき天ぷらのかなしみを、揚げ係である私たちが、ときに怒りをにじませ、ときに天ぷらに同情して涙ぐみ、とにかく執拗（しつよう）に訴えればいいのだ。天ぷらのかなしみが理解できれば、人は、天ぷらが揚がった瞬間にちゃんと食卓に着くようになる。

生きていく上でだいじなのは、想像力なのだ。と、なんにつけ私は思う。

自信にみなぎる牡蠣フライ。

暮らし

私はしあわせだったんだなあ

大人の世界

何人かの友人は、マッサージや整体に通っている。エステにいくならマッサージを選ぶ、と言う人もいる。そういう人たちはたいていひどい肩こりとか、ひどい腰痛(ようつう)持ちである。マッサージや整体によってそれらの痛みがスパーッと消えていくらしい。マッサージにも、整体にも私はいったことがなかったが、ずーっと気になっていた。いってみたいと思っていた。スパーッというところを、体験してみたかった。けれど、肩こりも腰痛もない。そしたら当然スパーッもないわけである。

けれどいきたくていきたくていきたくて、たまらない。それで数か月前、(当時)四十四歳にしてはじめていってみたのである。近所の整体施術のクリニックに。

いくにあたって、何か理由がないといけないと思っていたので、「脚が疲れている」と言うことにした。実際、十キロから十八キロくらい走る週末、脚はものすごく疲れている。整体ではなくマッサージをしてもらった。私の隣には高校生らしき男の子がいた。野球部で、毎週末、練習後にきているらしかった。「ちょっと寝ていいですか」とスタッフに言って、三秒後くらいに寝息をたてはじめた。眠りの落ちかたは子どもだが、なんだか大人っぽい、と初マッサージを受けながら私は彼を横目で見ていた。

マッサージが終わる。なんだか楽になった気がする。でも、「気がする」程度。これは、マッサージ師の腕の問題ではない。私は自分の体に疎いのだ。肩こりも、じつは「ない」のではなくて「気づかない」のである。私の肩に触れる人は「これで肩こりを感じないとは本当に幸せな人だ」と言う。

マッサージにいったのといかないのと、脚の疲れかたはどう違うんだろう、と考えたが、考えてもよくわからない。結局、その施術クリニックに通うことはなかった。

今年の二月に人生初ぎっくり腰になった。そのあと、べつの施術院にいった。とはいえ、いったのは痛みが三分の一くらいに減じてから。その三分の一をなんとかしてもらうというより、ぎっくり腰が本当に衝撃的に痛かったので、常日ごろからもみほぐしておいたほうがいいのではないかと考えたのだ。腰中心にマッサージをしてもらった。

うーん。なんだか楽になった気がする。とりあえず次の週もいってみた。うーん。

なんだか楽になった気がする。また次の週もいってみた。うーん（以下略）。四回ほどいってみて、私はもしや、マッサージや整体に通う、通わねばならぬ人たちのまねをしたいのではないかと思い至った。だって、「よしマッサージいくか」と思うとき、なんだかうれしいんだもの。それは体が楽になるうれしさではなくて（だって「気」しかしないから）、大人の仲間入りを果たしたようなうれしさなのである。

そうか、私はマッサージや整体を大人っぽいことと見なしているのだな。

と、そんな発見に至っている私に、「スパーッ」を体験できる日はくるのだろうか。

奥多摩でトレランしました。ひどい筋肉痛です。

マンモとバリウム

毎年人間ドックを受けている。昨年まで、自宅近所の健診センターにいっていた。今年、知人のすすめで都心の健診センターに変えた。

人間ドックを受けるようになるまで、健診は病院内で行われるのだと思っていた。そういうところもあるのかもしれないけれど、たいがいの健診センターは、その病院の近くに専用施設がある。去年までいっていたところも、今年はじめていったところもそうだった。

そして私は、はじめて受けたときに人間ドックを好きになった。

受付をすませると、みんな更衣室で専用の衣類に着替える。健康ランドに置いてあるような作務衣（さむえ）ふうの上下だ。みんなおそろいのそれを着て待合室にいき、自分の番号が呼ばれるのを待つ。血液検査、腹部超音波、心電図、などなど、それぞれ部屋が違って、番号を呼ばれるのである。待合室には各種雑誌が置いてある。ドリンクコー

ナーもある。特定の検査が終わるまで飲んではだめなのだが、終われば飲み放題。のど
かで、すでに好きである。

老若男女、みんな同じ作務衣みたいな服を着て施設内をうろついている図が、のど
かで、すでに好きである。雑誌読み放題なのもうれしい。ひとつひとつ健診をこなし
ていくのも、クリア感がなんとなくうれしい。朝食を食べていないので、どんどんお
なかがすく。その空腹具合も、もうじきごはんだと思う期待も、非日常な感じでたの
しいのである。ちなみに、たいていの健診センターは昼食を支給してくれる。

こんなに好きな人間ドックであるが、二つ、どうしても苦手なものがあった。ひと
つは乳がん検査のマンモグラフィー。乳を機械でぎゅーっとつぶしてX線写真を撮る
のだが、過去二度受けて、狭い検査室のなか「痛い痛い痛い痛いーー痛いですーッ」
と私は恥も外聞もなく叫んだ。叫ばずにいられない痛さだったのだ。以来、マンモグ
ラフィーではなく超音波検査にしていた。

もうひとつは、バリウムである。胃の検査をするときに飲む、あの白い、粘土を溶
かしたようなしろもの。いつも飲み干すときに涙目になって「うっくうっく」と飲み、
これさえなければ……と心中でつぶやいていた。

そして今年。知人に勧められた病院の健診センターで、衝撃的なことがあった。
超音波検査がないのでやむなくマンモグラフィーを受けたのだが、前ほどには痛く

なかったのだ。はじめ、覚悟していた私は、係の人に、「すみません叫ぶと思いますがよろしくお願いします」と言ったのに、まったく叫ぶことなく終わった。

そしてバリウム。ここで飲んだバリウムは、まずくなかった。ほんのりとヨーグルトの味がして、飲みやすかった。

そして思った。人は「思ったほど痛くない」と、「ちっとも痛くない」とついつい言ってしまうし、「思ったほどまずくない」と、「おいしい」とすら言ってしまうのである。気がつけば、私は友人たちに「ちっとも痛くないマンモがあるんだよ」「バリウムがおいしかったんだよ」と言っていた。微妙に語弊があると、ひととおり言いふらしてから気づいた。

ともかく、さらに人間ドックを好きになったことである。

この子は大の病院嫌い。

百匹目の猫現象

猫はよく寝ると言う。猫にまったく縁のないまま、四十数年暮らしてきた私でも、なんとなく聞き知ってはいた。

二年前に我が家に猫がやってきて、それが私の、初猫である。はじめて飼った猫だから、なんでもかんでも私にとってははじめて。猫って牛乳じゃなく水を飲むのか、とか、ごはん（銘柄）にも好き嫌いがあるのか、とか、こんなに静かなのか、とか、驚きの連続である。

そうして私がひそかに驚いたのは、「こんなに寝るのか」ということである。聞き知っていたよりも、ずっと多く猫は寝る。

ぱかーっと体ぜんぶを開いて熟睡しているときには、本当に驚いた。そんなふうにおなかを見せて寝るのは犬だけだと思っていたのである。

人間のように横向きになり前足後ろ足を、それぞれちんまりそろえて寝ていることもある。

食卓の椅子に、丸くなって寝ていることもある。キャットタワーについているハンモックに入って寝ていることもある。テーブルやちゃぶ台の端っこでだらーんとのびて寝ていることもある。

夜は夜で、ベッドの下の床で寝ている。

最初、あんまり猫が寝ているので不安になった。寝ている、というよりも、ぐったりしているように見えるのである。猫がぐったりしているから病院にいってみようと言って、夫に笑われた。猫は寝るのが仕事だから、と言うのである。

その後じょじょに、猫は本当に、驚くぐらいたくさん寝ることを知っていった。「ねこ」という名の由来は寝子からきているという説すらあるらしい。

今まで、現実でも、ドラマや漫画でも、眠る猫をうらやましがって「私も一度でいいから猫になりたい」と言う人を、たくさん見てきた。年がら年じゅう寝不足の私だが、しかし、これだけは思わない。いくらなんでも寝過ぎだと思うのだ。うらやましいというよりも、気の毒になってくる。起きたとき、さぞや頭痛いだろうなと思うのだ。人間界の話だが、寝過ぎると、頭が鈍く痛んだり、だるかったりするではないか。

それで考えたのだが、その起源から「寝子」と認識されるに至る長い猫の歴史のなかで、ある一匹が、寝過ぎて頭痛い、という体験をしたのではないか。頭痛いから、も一回寝よ、と思って寝て、もっとだるくなって、一日ほとんど寝ちゃうという悪循環をくり返し、それを次々と真似る猫が出はじめて、それがやがて芋を海で洗う例の「百匹目の猿現象」となって、猫全体がもう寝るしかなくなってしまったのではなかろうか。うちの猫もきっと、本当は寝過ぎで頭が痛くてだるくて、だから寝ているのだ。こんなことを考えるくらい、私には猫の眠りは衝撃的だった。

昼間、猫が眠ると、雪が降ったみたいに家のなかが静かになる。音をすべて吸いこんでしまうのだ。猫の眠りがこんなふうに世界を静まりかえらせるのにも、驚いた。その静寂のなか、私もうっすら眠くなる。もちろん眠らない。やることがたくさんあるし、つきあって寝ていたら頭痛くなる。

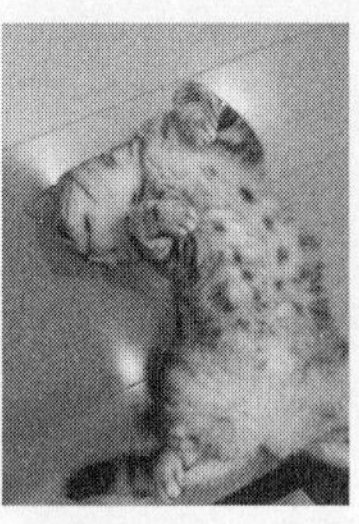

平和です。

あこがれの

あこがれているもののなかに「部屋着」がある。かなり熱烈にあこがれている。

部屋着は寝間着ではない。ジャージとも違う。その呼び名のとおり、部屋で着るものだ。いろんなところで部屋着を売っていて、それらがいちいちかわいかったりおしゃれだったりする。そしてなんだか、優雅。寝間着よりもジャージよりも、部屋着は、生活に余裕だのうるおいだのがある気がする。

寝間着にはできないことでも、部屋着ならできそうに思える。近所のコンビニエンスストアに寝間着でいったらおかしな人、もしくは病院を抜け出してきた人みたいだが、部屋着なら問題ないと思う。ゴミ出しも、寝間着だと、やっている人はいるが、なんだかいかにも「世間の目を気にするのはやめました」的な捨て鉢さがある。でも部屋着なら問題ない。

困るのは宅配便。寝間着で出られないこともないが、躊躇（ちゅうちょ）がある。インターホンの音で起きて、あ、宅配だと思い、寝間着を着替える時間がないととっさに思って居留守を使ったことが、幾度かある。寝間着の上にあわててトレーナーを着て「起きてました」というふりで、出たこともある。これもきっと、部屋着ならまったく問題なく出ることができると思う。

こんなに便利な部屋着を、しかし私は一枚たりとも持っていない。なぜならいつ着ればいいのか、わからないから。

私は出勤生活（仕事場にいって仕事をし、終えて家に帰る）をしているので、朝、起きればごくふつうに寝間着から服に着替える。夕方仕事を終えて、都心に飲みにいったり、近場に飲みにいったりする。そのまま帰って風呂に入って寝間着に着替え、眠る。朝、起きて寝間着から服に着替え（以下略）……。

飲みにいかない日もある。そういう日は仕事帰りに買いものをして帰宅、夕飯の支度をはじめる。もしかしてこの帰宅、夕飯の支度、のあいだに「部屋着に着替える」を入れればいいのかもしれないが、何かへんじゃなかろうか。わざわざ部屋着に着替える必要がない。作った夕飯を食べて風呂に入って寝間着に着替える。

部屋着タイミングがつかめない！　というより、生活にその必要性がこれっぽっちもない！

もしかして、スーツを着るような仕事だったら、帰宅してすぐ部屋着になるのかもしれない。でも私だったら、部屋着よりむしろ寝間着を選んでしまいそうだ。

私は風呂が嫌いだが、嫌いな理由のなかに「服の脱ぎ着」がある。面倒なのだ。脱いで、着るのが。そんなところでつまずいているずぼら人間に、「服」→「部屋着」→「寝間着」という三段階の着替えは、難度が高すぎる。コンビニエンスストアにいくために、ゴミを捨てにいくために、宅配を躊躇せず受け取るためだけに、部屋着にはなれない。

画期的な活用法がわかれば、部屋着の必要性が生じるはずだ。ああ、だれか部屋着指南をしてくれないかなあ。

寝間着すら必要ない
場合も。

むなしいひとり祭り

二〇一二年末、また、フルマラソンに挑戦した。フルマラソン前は、カーボ・ローディングをしたほうがよいと言われている。カーボ・ローディングとは、大会当日に合わせた直前一週間の食事調整。週の前半は枯渇(こかつ)させるために炭水化物を抜き、後半に炭水化物を多くとることで、エネルギー源を体に蓄積させる、というもの。

フルマラソンはつらいばかりでさほどたのしいものではないが、この、カーボ・ローディングはたのしい。何がたのしいって、後半の、炭水化物祭り。

私はふだんから炭水化物はあまりとらないので、週の前半の、炭水化物抜きはそれほど苦にならない。ならないのだが、とにかく腹が減る。昼に、ハンバーグステーキ(ライスなし)と付け合わせ野菜とスープ、などとがつんと食べても、夕方になる前には腹が減る。炭水化物ってすごいなあと実感する。そしてカーボ・ローディング四日目の昼くらいから、炭水化物が解禁になる。

三日間口にしなかった炭水化物を食べたときの感動は、ものすごい。うっわー、おいしいーっ、すっごーい！　と、ちいさく叫んでしまうほどである。いよいよ大会当日まで、炭水化物ばかり食べる祭りがはじまる。朝、おにぎり。昼、炒飯（チャーハン）。夜、鮨（すし）。朝、サンドイッチ。昼、パスタ。夜、天丼（てんどん）。ふだんは、朝は果物ジュースと野菜スープ、昼は弁当、夜は酒とつまみ、という食生活の私にとって、この炭水化物まみれはまさしく非日常。高校生に戻った気分。

　炭水化物祭りのおかげもあってか、無事にフルマラソンを完走した。私の参加したこの大会は、ゴールした場所に屋台がずらーっと並んでいて、ビールやお好み焼きや唐揚げや焼きそばなどが売られている。私はふらふらと痛む脚（あし）を引きずって歩きまわり、お好み焼きと焼きそばと唐揚げとビールを買い、むさぼり食べ、飲んだ。そしたらまあ、もうカーボ・ローディングはしなくてもいいというのに、炭水化物（お好み焼き、焼きそば）の、なんとおいしいことか！　するする腹におさまっていく。おいしい、おいしい、と私は泣かんばかりに食べ続けた。

　その日の夜、フル完走打ち上げで友人たちとともに飲み、解散したのち、何かこう、腹にどっしりくるものを食べたくてたまらない。腹にどっしり、それは炭水化物。私は宿泊していたホテルのそばをうろつきまわり、ラーメン屋かそば屋をさがしたが、見つからない。しかたなく、コンビニエンスストアでインスタントのうどんを買って、部屋で食べた。

どうやら、フルは終わったというのに、私のなかではまだ祭りが終わらないのである。何か、炭水化物的なものが食べたくて食べたくて、たまらない。昼近くなると、ランチは何丼にしようか、ラーメンにするか、お好み焼きもいいな、カレーもいい！と、炭水化物中心の料理しか浮かばない。何々定食、といったような、おかずでごはんを食べるものより、ごはん然としたものが食べたいのである。そして思いのままそれらを食べ、おなかいっぱいになり、なかなか腹は減らず、でも、おやつどきになると、なんか食べたいな、となる。いつもならこの「なんか」はチョコレートだったりプリンだったりするのだが、食べたいのは、たこ焼きとか、にぎりめし、サンドイッチといった炭水化物なのである。……ああ、おそろしい。体が、あの解禁時の「うっわー」を覚えてしまったのに違いない。

フルマラソン後にどんどん体重が増えていく自分がまったくかなしく、なさけない。

これがスタート＆ゴール地点！

男のダイエット

同世代女性五人で集まって、飲みながら、ダイエットの話になった。まじめな話ではなくて、もっとゆるい、どんなダイエットがあるとか、どんな「だけ」系がきくかとか、そんな話。

考えてみれば、私は十代半ばのときからこうして女性同士でダイエットの話をしていた。そのころは漠然と、大人になったらこんな時間はもうないのだろうな、くだらない話でいつまでも話していたりできないんだろうなと思っていたが、なんということか。三十年たっても、同じばかりか、もっと長時間話していることができる。門限も宿題もないのだから。

ダイエットにかぎっては、加齢したほうが、話題にのぼることが多くなるように思う。異性、はたまた同性への見掛けの問題ではなく、健康そのものにもっと直接的にかかわってくるからだ。

五人のうちひとりが、糖質オフダイエットって、どう？　とはじめた。いつかここでも書いたことのある、炭水化物や糖分を減らす、話題のダイエット法である。

あれ、効果のある人と、ない人といない？　私はちっともきかなかったんだけれど。と、ひとりが言う。

私も、と私は身を乗り出した。朝は野菜スープと生ジュース、夜は晩酌で炭水化物を摂らない私は、昼飯のごはんを減らしたくらいでは、体重など変化がまるでないのである。

でもさ、とそのうちのひとり。「あれってさ、男、異様にきいてない？」。

その一言に、みんな目をらんらんと輝かせ、そう！　そうなんだよ！　男ばっかり！　男はみんな痩せていく！　と、口々に言う。

じつは私もつねづね不思議に思っていた。糖質オフダイエット、効果があるということで、じつに多くの人（三十代から五十代前半）が、はじめた。そして次々と成功の話を聞いた。「減りすぎるのでやめた」という声まで。体重は七キロ減ったが、痛風の発作が出て入院した人までいた（このあたりの医学的な説明はできないが、何か関わりはあるらしい）。

「なんで男はあんなに成功するわけ？」。ひとりが眉間にしわを寄せて言い、

「つまり麺や米を食べ過ぎなんだよ、男は」と、もうひとりが答え、全員が納得する。朝にがっつり朝ごはんを食べて、お昼にも定食を食べて、小腹が空いたら躊躇なく立ち食い蕎麦など食べて、夕食に長時間飲み食いして、帰り間際に小腹が減ってラーメンでしめる。たしかに、そういう食生活の人は、女性よりも断然男性に多いだろう。一日六食くらい食べている人が、三食にすれば、体重や体脂肪率が落ちるのは、当然といえば当然なのである。

「じゃあ私たちが糖質オフダイエットで成功をおさめるには、まず、お八つや夜食に麺や米を食べなきゃいけないよ」。真顔でひとりが言い、本当だよねえ、とみんなでうなずき合う。「もっと食べよう」「まず食べてからダイエット」。ああもう、いったい何を話しているのやら。たぶん二十年後も、同世代女性で、今よりさらに長時間、どうでもいいダイエット話をしているのだろうな。

まず食べよう、それ
からだ。

すべての宴会はつながっている

若いときから家宴会が好きで、よく人を招いては飲み会をしている。家宴会のいいところは、なんといっても気楽さ。横になってもいいし、立ったまま話してもいい。眠くなったら一眠りしてもだいじょうぶ。ちいさなお子さん連れならなおのこと、楽。部屋の一角を簡易キッズスペースにして遊ぶこともできる。

その家宴会だが、たいてい忘れ物が多い。昔っからそうだ。人は酒を飲むと忘れるのである。

ビニール傘やライター、中身の入った煙草(たばこ)といった忘れ物は、飲食店でもよくあるだろう。家宴会では、そうしたものにくわえて、もっと個人的な忘れ物が多い。

今までいちばん珍妙だった忘れ物は、ガードル。もう二十年くらい前のことだ。きっと女子のひとりが、飲み食いしているうちにガードルがきつくなって、こっそり脱いだのだろうが、それを忘れていった。翌日、「ガードル忘れた?」と、ひとりひとりに確認するのもはばかられて、放置していた。忘れた本人も申請がはばかられたのだろう、結局、ガードルは本人の元には戻らなかった。

よくあるパターンは、その宴会でだれかからもらったものを、そのまま忘れる、というもの。誕生日だからとみんなで贈り物をする。ものすごく喜んでいた本人は、しかしその贈り物を忘れて帰る。同業者友だちが、新刊が出たからと配る。みんな、わーいと喜びつつ、だれかかならず、持ち帰らない。こういうこと、怒る人もいるのだろうけれど、私はもう慣れっこでなんとも思わない。ガードルとは異なり、たいてい本人は翌日あせって電話をかけてきて、贈り物系は無事本人の手元に戻る。

子連れの友人が増えてからは、子どもグッズの忘れ物が多くなった。子どもがぐずらないように友人である親たちが持参したおもちゃ、絵本、離乳食を食べさせるためのスプーン、専用のコップ。翌朝、二日酔いで部屋を片づけていて、こういう忘れ物を見つけると、なんだかほのぼのする。あの友人が親になったんだなあ、と思ったり、そのスプーンのちいささがいとおしくなったり、私も子どものころに読んだ絵本をなつかしく思ったりする。

どうにも理解できない忘れ物もある。

家宴会の翌日、宴会をしていたのとはべつの部屋に入ったら、なぜか、見たことのないバスタオルが二つ折りにして敷いてある。子どもを寝かせたような形跡だが、前日の宴会に子どもはいなかった。そして私の記憶のかぎり、だれもこの別室に寝にいったりはしていない。うーん、だれが、なんのためにタオルを敷いたのだろう？　しかも持参していたのか、バスタオルを？

私もきっと、お呼ばれした先々で、いろんな奇妙なものを点々と残してきているんだろうなあと思う。呼んでくれた側も、いちいち「これ、忘れた？」などと確認しない。忘れ物はそのままになる。忘れてきただろうもの、だれかが忘れたものたちを思うと、なんだかみんなの家がゆるくつながっているみたいで、ちょっとたのしい。

忘れ物のふりをする猫。

こたつだった

五年に一度ほど、こたつ熱がわき上がる。こたつがほしくてたまらない。二度ほど、その熱に浮かされて買った。買っても（自堕落系の）諸事情により、かならず処分することになる。だからこの十年ほど、こたつ熱に襲われても、じっと買わずに堪えてきた。

さて、二月、東京には四十五年ぶりの積雪、という、ものすごい大雪の日があった。この日、私のこたつ熱はかつてないほどヒートアップした。こたつほしい、こたつがあれば、こたつで鍋を食べたり、こたつで本を読んだりできて、猫もきっと喜ぶだろう。和室に置いてあるちゃぶ台を、私は忌々しく眺め、でもこたつを買うにはこの馬鹿でかいちゃぶ台を処分しなければいけないのだな……と考えた。五、六年前から使っている、やけに重いちゃぶ台である。

このちゃぶ台が、こたつだったらいいのにな。そうしてふと、本当にふと、ちゃぶ台の裏をのぞきこんだ。裏には、何やら中央に、黒く四角い鉄網のようなものが埋まっている。そのことは以前から知っていたが、とくになんとも思わなかった。でもこのとき、私ははじめて思ったのだ。もしかして、このちゃぶ台、こたつなんじゃないのか？　あの黒い部分は、ヒーター的なものではないのか？

　ものすごく重いそのちゃぶ台を夫とともにひっくり返して点検すると、なんとコードの差し込み口がある。けれどちゃぶ台本体につなげるコンセントのかたちが変わっているから、専用コードがあるはずだ。買ったのはずいぶん前だけれど、コードがついてきた記憶はない。

　するとちゃぶ台を元に戻していた夫が、「音がする！」と言い出した。たしかに、そのちゃぶ台をひっくり返す際に「こそっ」と何かが動く音がする。よくよく見ると、黒い鉄網のわきに、四角いコルクが貼(は)ってあり、そこだけ出っ張っている。ちゃぶ台を動かすたび、そのコルクのなかで「こそっ」と音がするのである。まさか、ここにコードが収納されているのでは……。でも、ネジも何もなく、どのようにコルク部分を動かすのか、わからない。

　ちゃぶ台にはメーカー名など何も記されていないのだが、裏に、「ＮＩＳＳＩＮ」というローマ字と番号の書かれたちいさなシールが貼ってある。そのヒントを元にインターネットで検索をくり返すと、そのちゃぶ台は日進木工という会社が作った「こたつ」だということがわかった。

こ、こたつだったとは！　しかも、大雪の日にわかるとは。

しかし今現在、このこたつちゃぶ台の製作はしていないようで、商品案内には出てこない。さらに検索をかけると、オークションの記事などが出てくるが、コードをどうやって取り出すのかの説明は見あたらない。私たちは検索を諦め、重いちゃぶ台をひっくり返してはあちこち点検した。どうも、上部のテーブル部分がとれるような気がする。テーブル部分を止めているらしい、六角形の穴あきネジが四か所、ある。

翌日早速私は六角レンチを買いにいき、重いちゃぶ台をまたひっくり返してネジをひとつずつ外していった。そうしたらなんと！　見事に外れたのである、テーブルが。そしてまさにそのテーブルの下にコードが収納されていた。なんてことだ、五年ものあいだ、我が家にこたつは存在していたのだ。私はわくわくとこたつ布団を買いにいったが、すでに春物を並べる店々のどこにも、そんなものは売っていない。やむなく、布団なしで明かりだけつけ、「あったかーい」と言いながら、春の訪れを待っている。

こたつ疑惑解明中。

流行という罠(わな)

一か月とか、二週間とか、ある程度まとまった期間の旅行ならば、一度や二度、まずいものを飲み食いしたからといって、落ちこんだりはしない。まあ、こういうこともあるさ、と思う。ところが、二泊、三泊程度の短い旅で一食失敗すると、もう、心も脳も凍ったような思考停止状態になったりする。あまりのショックで、何も考えられなくなるのである。

昨年のことであるが、二泊三日という弾丸旅行で、香港(ホンコン)を訪ねた。友人が住んでいるので、その友人と上海蟹(シャンハイがに)を食べる、というのがおもな目的だが、もちろん私は、朝食も昼食もぜんぶたのしみにしていた。食べたいものを食べたいので、ホテルの朝食バイキングも断ったほどである。たいていの食事は、おいしい店に連れていってもらったり、教えてもらったりして、失敗なく過ごした。帰国する日の朝のみ、自分で店をさがすことになった。

　私は朝の町をうろついた。麺(めん)や粥(かゆ)の店はいくらでもあるが、おいしい店でおいしいものを食べたい。こういうときの目安は、やっぱりお客さんの数だ。店内の見えない店もあるが、ガラスばり、なおかつおもてにテーブルと椅子(いす)を並べている店も多い。お客さんの数を見て歩く。

　ひとつ、ものすごいにぎわいの店があった。外に出したテーブルのほとんどが埋まっている。店内も満員。こんなに人気がある店なら、きっとおいしいに違いない。何屋さんなんだろう、とテーブルを見まわしてみるが、タイミング悪く、みんな食べ終えていたり、注文した品物を待っていたりして、どんな食べものがあるのかが判然としない。でも、いいや。こんなに人がくる店なんだもの、何が出てきたっておいしいだろう。私も空いている席に着いた。

　お店の人がメニュウを持ってきてくれる。漢字なのでなんとか推測できる。A群B群とあり、そこから一品ずつ選び、プラスコーヒーというのが、朝食セットらしい。「牛肉麺」「蛋（たまご）」という字を見つけ出し、それなら失敗はなかろうと注文する。

　出てきたのは、食パンとオムレツ、そして牛肉入りの麺。字の通りではあるが、なんだ、この奇妙なセット。麺はインスタントラーメンである。パンはただの食パン。

食べながら、ほかのテーブルを見ていると、やっぱりみんな、麺と食パンみたいなものを食べている。汁のある麺だったりない麺だったり、サンドイッチだったりするが、基本的には、インスタント麺と食パン。プラス、ミルク入りインスタントコーヒー。まずくはないが、おいしいということもない。なんなんだろう、これはいったい……。不思議すぎて、選択を誤ったのか否(いな)かもわからず、とりあえず食べ終えた。

出前一丁とパンのセットが、大流行中なのだとのちに聞いた。あの人気の秘密は、「おいしい」ではなく「流行」だったのだ。そんな流行、私はちっとものりたくない。ああ、流行に左右されないお粥や香港麺を食べたかった……。

その日のお昼は、たいへんにおいしい飲茶(ヤムチャ)の店と決まっていた。予約しないとまず入れない人気店だ。そこにたどり着き、あのインスタント麺と食パンで、まったく腹が減っていないことに気づいて私は愕然(がくぜん)とした。飲茶がどうしても腹に入らない。この段になって、私はあの流行飯をほとんど泣きたいくらい、憎んだのである。

上海蟹は不変のおいしさ。

なんとなく信者

とくに根拠なく、なんとなく信じている食品成分って、だれにでもあるんじゃないかと思う。

たとえばポリフェノール。いつからそんな言葉が用いられだしたのかわからないが、一般的に使われるようになってから、信奉者が増えた。私の友人は白ワイン派から赤ワイン派になった。ポリフェノールが含まれているから。その信奉者たちであるが、ではポリフェノールとは何で、どのように体にいいのか、なんとなくは知っていても、くわしくは知らないと思う。

イソフラボンやカテキンを信じている人もいるだろう。イソフラボンもカテキンも、ポリフェノールらしいのだが、なんとなくべつのもののように思える。そうして「イソフラボン効果」とか「カテキン二倍」なんて書かれている食品や飲料を、つい選んでしまう。

ナットウキナーゼ信者も多いはずだ。一時期、スーパーマーケットで納豆が入手困難になったとニュースで報じられていた。テレビ番組が納豆のよさをとりあげて、それを見た人たちが買いに走ったらしい。テレビが思わぬ布教をしてしまったのだ。熱狂的ブームはおさまったが、そのとき入信したナットウキナーゼ信者は、今も信者であり続けているはずだ。

DHAというものもある。青魚に含まれているという、ドコサヘキサエン酸。これも、どう体にいいのかわからない。摂取すると頭がよくなるらしい、というぼんやりとしたことしか私は知らない。これを信じている人も多いと思うが、「ドコサヘキサエン酸」が覚えられない。私は未だに「ドコサイクサエキ酸」と覚えている。多くの信者は「青魚の、アレ」と覚えているだろう。

狂信的になって、それらを買い求め摂取する、というわけではない。たとえばパッケージに「ポリフェノール豊富なチョコレート」とたんなる「チョコレート」と書かれた二品があったら、ポリフェノールのほうをなんとなく選ぶ。コラーゲン入りと謳った果実飲料と、果汁百パーセントと記された飲みものだったら、前者をつい選ぶ。そんな「なんとなく信者」である。

最近では、コエンザイムとかヒアルロン酸などと耳にして、それがなんなのか私にはさっぱりわからないが、でも、体によいのだろうという知識はある。「なんとなく信者」になりつつある。

もっとも原始的——自分でも理由がわからないながら、昔から、強固に——信じているものもある。私の場合は「乳酸菌」だ。乳酸菌と書いてあると、ほとんど無意識的にそれを選ぶ。なぜなのか、わからない。腸が弱いわけでもなく、整腸作用のほかにどんないいことがあるのかもわからないのに、乳酸菌という言葉に、弱いのだ。もし、カテキン入り、コエンザイム入り、コラーゲン入り、ナットウキナーゼ入り、乳酸菌入り、と五種類のジュースがあれば、間違いなく私は乳酸菌を選んでしまうだろう。

ポリフェノールだのアミノ酸だのという言葉がなかった私の幼少期、ビタミンCを信じている大人は多かった。今思うと、それぐらいしか信じるものがなかったのではないか。

しかしながら、自分がなんの信者であるか、自覚していない場合が多い。自分が乳酸菌の信者であり、しかも幼児洗礼を受けたかと思うほど昔からそうらしい、と気づいたのは、つい最近、自宅ゴミ箱の、乳酸菌と書かれた空き缶の多さに気づいたからである。

肉の力も信じています。

深夜家食堂

冷蔵庫の中身が、多ければ多いほどうれしい。必要最低限のものしか入っていないと、不安になる。自分が食べるとはかぎらないものでも、とにかくたくさん入っていてほしい。これは、深夜に調理する幸福を知ってしまったせいだと思う。

二十代のころ、ひとり暮らしの部屋で、しょっちゅう人を集めて飲み会をしていた。夕飯のスタートは七時。九時過ぎにはいったん食べ終わって、その後、お新香やチーズなど、かんたんなつまみを並べて飲みタイムになる。十二時前、終電の時間を見計らって、何人かが帰っていく。残った人たちでさらに飲み続けていると、十二時過ぎに、なんかおなかすかない？　とだれかが言い出す。そうして冷蔵庫にあるもので、てきとうな料理をする。名もなきてきとう料理。

当時は、なんとなく流れでそうなっていて、深夜の料理がたのしいとかたのしくないとか、考えなかった。今日は飲み会だ、となると、腹をすかせるだれかのために、冷凍うどんだのウインナだの揚げるだけのコロッケだのをたくさん買いこんでいた。

深夜の料理はしあわせだ！　と気づいたのは、最近のことである。

通常ならば、私はまず七時過ぎに調理をすることはない。夕食の時間がかっきり七時だからだ。けれど家宴会の際、はたまた飲み会帰りの家の人がおなかをすかせて帰宅した際、「じゃ、なんか作ろう」と台所に立つと、それが夜更け（よふ）であればあるほど、妙な快楽物質が出ることに、はたと気づいたのである。冷蔵庫と食品棚に何があるか調べ、組み合わせた料理をいくつか思い浮かべている、この段階でもうたのしい。そして料理をはじめると、鼻歌でもうたいながら踊り出したいような気分である。

深夜に料理、という、めったにないことへの興奮。食材の組み合わせがうまくいったよろこび。だれかに食べてもらうという、料理好きならではの醍醐味（だいごみ）。深夜だし、みんな酔っているから、ちょっとくらいしょっぱくても味が薄くても、かまわないだろうさ、という安堵（あんど）。こうしたものが絡（から）まり合っての、快楽物質だと思う。

そうか、友人と飲んで、深夜にへんな料理もどきを作って食していた二十代、私はしあわせだったんだなあとあらためて思った。

深夜の料理が幸福であると、なぜ最近気づいたか。それは、「じゃ、なんか作ろう」の段階で、冷蔵庫に何もない日があったからだ。食材も冷凍もののもない。あるのは葱と果物のみ。ごはんも麺もない。おなかがすいている人は、こういうとき、カップラーメンでも買ってくる、などと言うが、それは私の幸福ではない。「ごはんを炊こう、炊けばなんとかなる」と私は主張したが、それには及ばない、と友人は結局コンビニエンスストアに向かった。負けた、カップラーメンに。

このとき自分でも驚くほどはげしく落胆し、そして悔い改めたのである。冷蔵庫はやはり、いつなんどきも満タンにしておくべきだ。それがいつなんどき、私の幸福につながるかわからないのだから。

深夜に立ち食い蕎麦屋で食べてしまったカツ丼。

さわやかではない表現

ほかの言語をまったく知らないので、何語とくらべて、というわけではないが、日本語はずいぶんと表現の豊富な言語だなあと感心することがある。不思議なことだが、言葉を話さない猫を飼うようになって、つくづくそう思うようになった。

往来で、飼い主とそっくりの犬、もしくは飼い犬とそっくりの人が、連れだって歩いているのをときどき目にする。長年連れ添った夫婦の顔がだんだん似てくるように、似てくるんじゃないかと思う。それと同様に、性格も飼い主に似てくると、私は思っている。

我が家の猫は、生後四か月でうちにやってきたのだが、そのときは好奇心旺盛(おうせい)の、まったくもの怖(お)じしない無邪気な猫だった。日がたつにつれ、好奇心旺盛ではあるものの、なんというか、性質がじっとりしてきた。陽性ではなく陰性。ドライではなくウエット。

たとえば遊んでほしいとき、明かりのついていない和室の、いちばん隅にいって「ニャオワン」と小声で鳴く。振り向くと、その隅っこに前脚をそろえて座ってうつむいている。手が離せず、遊び相手をできないでいると、しばらくそうしていて、あきらめて眠る。

ごはんは食べたが、おやつももらいたいときは、猫食器の置いてある場所に、やっぱり前脚をそろえて座り、宙を見据えている。何日も食べていないようなひもじい顔をしている。

「遊んで!」と要求するような、「おやつちょうだい!」と主張するような、さわやかさがまったくないのである。

向こうにいきたいのにドアが閉まっている。そうすると「ニャオ?」と、これまたちいさな、語尾上がりの声を出す。これは翻訳すると、どう考えても「開けて」ではなく、「閉まってるけど……」なのである。そして、思う。「開けて」と言うことと、「閉まってるけど」と言うことは、言わんとすることは同じでも、そのニュアンスはまったく異なるのだなあ、と。

そして我が家の猫は、ことごとく、「閉まってるけど」派なのである。「遊んで!」ではなく「退屈かもしれない……」。「おやつクレ!」ではなく「何か食べたいような気がする……」。

考えるまでもなく、私がそういう人間である。「何々してほしい」とストレートに言ったことがない。黙って、相手が悟ってくれるのを待つ。悟ってくれない場合は、あきらめる。あきらめきれないときは、「こうしてほしい」ではなく「どうしてこうではないのか」というような表現を使う。しかも直接言えなくて手紙に書いたりする。「開けて」と言えば気持ちよく終わるものを、「閉まってるけど……」とつぶやいて、周囲がその意をよもや「開けて」だとは思わなくて開けず、面倒なことになる、というような事態が今まで幾度もあった。ただの表現の違いなのに、その一言の招く結果はまったく異なる。私はずっと、さわやかな人間に憧れてきた。開けてほしいときに、否定語を使うのではなく、開けてとさっぱり言える人間になりたかった。そんなふうに思いながら、もう四十代も後半なのだから、この先さわやかな人になることもないだろう。否定形の表現を遠慮がちに使いながら日々、過ごしていくのだろう。こんな私に似た猫に、ちょっと申し訳なくも思う。

遊びたい気がする……。

世間話というもの

私は現在四十七歳だが、この年になって、急にわかったことがある。私は世間話ができない、ということだ。わかって、今までの人生の不思議が理解できた。腑に落ちた。世間話ができない、それがわかっていないときはつらかった。人生のある面において、本当に、今までずーっとつらかった。

ふだんはあまり意識しないことだが、世間話をしなければならない局面というのはものすごく多い。友人知人関係の場合。駅で待ち合わせて目的地までいくあいだ。飲食店での最初の数分～数十分。電車、バスなどの移動時間。親しさの度合いと世間話は反比例する。親しければ親しいほど世間話は不要だし、知り合い程度なら会話はほぼ世間話になる。

私がまずつらさを感じたのは高校においてだった。友だちはいるし、学校は好きなんだけれど、なんかつらい。大学生になってもそれは続いた。アルバイト先でも何かつらい。物書きになってだいぶつらさは減ったけれど、友人関係のなかでときどき意味不明につらい。――ああ、私、人間関係が不得手なんだな。そう思っていた。人交わりが苦手なのだと思いこんでいた。けれどそれにしては、人と飲むのが好きすぎるし、十数人集めて催す飲み会や家宴会が好きすぎる。その矛盾を解明しないまま、「私は非社交的」「でも酒好き」と思いこんで今まで生きてきた。

そして気づいた。人交わりが苦手なのではない！　世間話ができないだけ！

いつ気づいたかというと、一次会の飲み屋から二次会に移動するときだ。二次会の店が決まらず、だれかが電話でいろいろ問い合わせているあいだ、参加メンバーはみな店の前で突っ立って世間話をしている。座ってじっくり話すような内容は、この中途半端な時間には語ることができないから、世間話しかすることがない。

この時間が私は昔から嫌いで嫌いで嫌いで、さっさと移動するか、帰るか、したくなる。そのつらいのをじーっと我慢して三十年近く生きてきたのだが、「立って待つことがつらいのではない、この、世間話がつらいのだ」と悟り、悟った瞬間、今までのつらかった時間が次から次へと思い出され、ああ、あのときもあのときも、すべて世間話が必要とされた時間だったと気づき、途方もない開放感を味わった。そして、おのれの矛盾の謎も解けた。

私は本題しか話したくないのである。だから飲み会が好き。飲み会だと、すぐに打ち解けた本音の話になる。何も悩みや深刻な話が聞きたいのではない、馬鹿話でも、怪談でも、だれかにとって興味のある本題ならなんでもいい。

本題を共有できない人というのももちろんいる。そこまで親しいつきあいのない人。そういう人と私は会話をしたくない。ただ黙っていたい。黙っているのは私はちっとも苦ではない。

そんなことを理解して、私は本当に楽になった。お迎えバスを待つ母親たちとか、駅で待ち合わせをしているグループ連れなんかを見ると、以前はなんとも思わなかったが、最近は、このなかにきっとひとりくらい、私のように世間話が苦手な人がいるんだろうなあと思うようになった。その人はきっと、自分は人交わりが得意ではないと誤解してるんじゃないのかなあ、と。

宴会好きの謎が解けました。

あっ、かつ丼女

常連客になりたくない。飲食店でも、そのほかのお店屋さんでも、ぜったいに顔を覚えられたくない。なぜなら恥ずかしいから。何が恥ずかしいのか、よく考えてみると、「知られる」ことが恥ずかしい。この前この人ものすごい泥酔していたよな、とか、この人いつもレモンサワー飲むね、とか、そのほかどんなちっちゃいことでも、知られて、覚えていられたくない。お店の人は忙しいから、覚えているはずはないのだが、どうも自意識過剰気味に、知られることと覚えられることを恐怖してしまう。

世のなかには「覚えられる顔」と「覚えられない顔」があり、さいわいなことに私は後者だ。どこにでもいそうな、印象のない顔立ちらしいと、高校生のころから気づいていた。十代から今までずっと、私の親しくなる人はほとんどみんな、「覚えられる顔」なのだ。彼らといっしょに行動していると、そのことがよくわかるとともに、私がいかに「覚えられない顔」かもわかる。「覚えられる顔」が受ける恩恵も、ずっと見てきたからよーく知っているのだが、やっぱり私は「覚えられない顔」でよかったと心底思う。

同じ町に二十年以上住んでいると、これはもう、覚えないほうが無理だ。と、いうよりも、知り合いとして覚え合うようになる。よくいく八百屋さんも魚屋さんも花屋さんも飲食店も、「カクタさん、今日はこれがおいしいよ」という近しい知り合いから、「この人は毎回『近所だから保冷剤はいりません』と言う人だ」という程度の知り合いまで、さまざまである。二十代のときからしょっちゅういっている飲み屋さんでは、席に座ると注文しなくともワインが出てくる(二十代のときから、この店でワインばかり飲んでいるのだ)。これはもう、顔云々(うんぬん)の問題ではなく、ご近所づきあいの範疇(はんちゅう)に入る。だから私も恥ずかしくない。私も相手を、程度の差はあれ、知っているのだし。

ところが、ぜったいにここでは覚えられているはずがないと油断している店で、覚えられている場合がある。

たとえば、隣町の弁当屋。滅多に利用しない。多いときで一か月に一度か二度。三か月いかないときもある。でも、買うものはいつも決まっている。かつ丼だ。

私はひどい二日酔いのとき、食べたいと思うものがかぎられていて、それはラーメンかカレーか、かつ丼なのだ。それでひどい二日酔い、かつ「今日はかつ丼」というときに、ふらふらとこの店にくるのである。

そうしてあるとき、ラーメンでもカレーでもないなと二日酔いの朦朧とした頭で判断し、この弁当屋にふらふらと向かったところ、レジに立つ女性が、私が口を開く前に言ったのである。

「あ、かつ丼の……」

はっとした。二日酔いがいっぺんにさめた。私はその女性を知らない。でも、女性は私を覚えていたのだ。たまにきては、必ずかつ丼を買う人だ、と。ああ恥ずかしい。なんて恥ずかしい。まさに私がおそれていた事態。私は縮こまる思いでかつ丼を買い、以来、一度もこの店を訪れていない。

一時期はチゲ女でした。

時代

加齢とテレパシー

ごはん写真

私は記録魔である。家計簿にはその日だれとどこで何を食べたかを書き、日々の体重もメモしている。私のような記録魔にとって、携帯電話のカメラ機能というのはじつに魅惑的なしろものである。その日のごはんの写真を残したくなるのである。すでに家計簿にメモしてはいるが、写真で残したくなる。しかも、携帯電話には、写真付きで日記を書けるようなアプリがある。

そんなわけで、昼、夜、と、食事の写真を撮るようになった。弁当や自宅夕食の写真と、外食と、半々くらいである。

それがここ最近、外食の際に写真を撮るのが、恥ずかしくなってきた。ふと気づくと、みんな写真を撮っているのである。

昼に、ひとりでラーメン屋に入る。コの字形のカウンターに座る。すると、ひとり客の男女の何人かが、運ばれてきたラーメンの写真を撮ってから食べはじめる。私もそうするのだが、なんとなく、恥ずかしい。

何人かで夕食を食べにいくと、やっぱりグループの人たちの多くが運ばれてきた料理の写真を撮る。こちらは友だちなので恥ずかしくはならず、ほっとして、私もいそいそと携帯電話を取り出して彼らとともに写真を撮る。写真を撮る派の人たちは心得たもので、撮影が終わるまで、箸を出さなかったりする。

恥ずかしいのは、グループのだれもが写真を撮らないとき。携帯電話は取り出しづらい。「写真、撮っていい?」などと断りながら撮影すると、フーン、写真撮る派なんだ、というような顔で見られるのが恥ずかしい。

その日の食事の写真を、ブログやツイッターなどにアップする人は多く、たぶん写真を撮っている人の大半が、そういう目的なんじゃないかと思う。私はそういう理由で他人の食事写真が大好きで、見知らぬ人のごはんブログまで、写真が多いという理由で毎日チェックしていたりする。私もときどき、そういう場に食べものの写真を載せることもある。けれども、携帯のカメラで食事写真を撮っているときに、「それ、どこかにアップするの?」と訊かれると、これもまた、妙な恥ずかしさを覚える。実際、ブログやツイッターにアップするのではなく、記録用なのだけれど、「いや、たんなる記録で……」と訂正するのも、言い訳じみていて恥ずかしい。

友だちが、こんな話をしていた。レストランで、ちいさな子と母親の隣に座ったらしい。料理が運ばれてくると、その子どもがまず「食べてもいい？」と訊いている。待って、と言ってその母親は料理の写真を撮り続けていたそうである。

ウーム、私に子どもはいないし、さすがに一緒に食事をする友だちに「写真を撮るから、待って」とまでは言わないが、そういう話を聞くと、なぜか私まで、またまた恥ずかしくなってしまうのである。写真記録もそろそろやめようかなあ。

ちなみに、自炊写真は役に立ちます。献立がマンネリだと気づいたり、野菜が足りないと気づいたり、一年前に何料理にはまっていたかすぐわかるので。

こんな感じの写真のことです。

加齢と暗号

年配の友人たちが、物忘れがひどくなったとぼやくのを、昔から聞いていたから、私もあるときから物忘れがひどくなるのだろうと覚悟はしていた。気がつけば、本当にいろんなことが覚えられなくなってくる。まず名詞。人の名前が覚えられない。覚えても忘れる。店名も、地名もしかり。それから困るのが、約束。何日だったか、何時だったか、場所はどこだったか、そもそも場所を決めたかどうか。さらに、ぽこぽこ抜け落ちていく。

もともと私は深酒すると記憶をなくす。最近は注意しているので、完全に記憶がないということはない。が、まだらにない。お金は払ったか。最後に何を食べたか。だれと何を話したか。線ではなくて、点の記憶である。

こうなってくると、物忘れなのか、酒忘れなのか、区別がつかない。昨日までの一週間、外で人に会って飲む機会が多かった。そのなかのあるときにインスタント麺（めん）の話になった。近頃の袋入りのインスタント麵は、そりゃもう、度肝を抜かれるほどおいしくて、あまりにおいしいものだから、カップ麵が売れなくなったほどなんだ、という話を数人がしていた。袋麵など、もうずいぶん長いこと、たぶん三十年くらいは食べていない。この三十年に、そんな進化があったとは。

私は俄然興味を持って、「袋麵の、なんという商品がおいしいの」と訊いた。いちばんくわしいらしい人が、三つほど答えてくれ、「このなかでダントツは○○」と教えてくれた。よし。そのときの私はまだ酔っておらず、この商品名も覚えやすかったので、覚えておくべし、と幾度かくりかえして記憶に刻んだ。

ところが、この一週間のうちの、どの会でその話が出、どんな顔ぶれで、だれがいちばん袋麵にくわしかったのか、そしてその袋麵の名前はなんなのか、まったく、ちっとも思い出せないのである。そんなに酔っていなかったのだから、酒忘れではないとすると、物忘れか……しかしその場にいた顔ぶれも思い出せないというのは、いかにも酒忘れっぽいなあ。まあ、どちらにしても、思い出せないのにかわりはないのだが。

同世代の友人と二人で、まったく違和感なくふつうに話していて（このときは素面）、はたと、まるで暗号のような会話だ……と気づいたことがある。

「ほらほらあの、えーとなんだっけなんだっけ。若いときすっごく悪かったっていう」

「ああ、ああ、わかるわかる、名前出てこないけど、わかる、で、その人が？」

「その人がえーとあの、ほら、車の宣伝に父親役で出ていた人いるじゃん」

「あーあー、いるいる、路線変えた人ね」

「その人と、なんとかって映画で共演してるらしいんだけど、それがおもしろいってあの人が言ってた、ほらあの、去年彼女と別れた、あの彼」

「ああ、彼ね、彼の感想ってけっこう信頼できるよね」

こんな感じ。固有名詞をひとつも出さず、話が進んでいる。自分たちとしては、ごくふつうに話しているのだが、ハタからすれば、暗号会話にしか聞こえないだろう。

正解はこれだろうと、
ほかの人に教えても
らいました。

ブームど真ん中

前回、飲み会で袋麺（めん）の話になったが、その袋麺の商品名ばかりか、飲んでいたメンツも場所も思い出せない話を書いた。

そののち、私はどうしても「あまりにもおいしいので、カップラーメンが売れなくなった」ところの袋麺が何であるのか知りたくなり、友人たちに、袋麺について訊（き）いてまわった。すると驚くべき事実があきらかになった。

なんと、世のなか、袋麺ブームなのである！

どこのだれと話しても、「そういえば、私もこのあいだ飲み会で袋麺の話になった」「あ、それ、聞いたことある」「カップラーメンより袋麺のほうが、今は本当に売れているらしい」「私も袋麺の話、どっかで聞いた……」等々、出てくる、出てくる、まるで、私の友だち、知り合い、全員、飲み会で袋麺の話をしているかのような盛り上がりである。

何がいちばんおいしいの、と訊くと、「正麺」とみんな、まず口を揃える。醤油味がおすすめらしい。いや、豚骨がすごい、と言う人もいる。次点は「ラーメン屋さん」というのがおいしい、「昔ながらの中華そば」の塩味と醤油味がいい、「ラ王」の醤油味も試してみてほしい、と、それぞれ意見が分かれる。しかもトッピング案もさまざま。もやし、煮卵、ねぎといったオーソドックスなものから、ニラとキャベツと豚ひき肉を豆板醤で炒めてのせた担々麺風、トマトとパクチーをどっさりのせたエスニック風、残り野菜を炒めあん状にしてあんかけラーメン、これも残り野菜投入でタンメン風、などなど。聞いているだけでたのしくなってきて、よし、買う、ぜったい買う、みんなのおすすめのもの、ぜんぶ買う、とスキップせんばかりの勢いで、お店にいった。

ところが、お店で売っているものは、五袋入りばかり。正麺醤油味の五袋入り、とか、ラ王醤油味の五袋入り、とか。それから、友人たちの口にした商品、すべてがすべて、揃っているわけではない。

私は全員が真っ先に勧めた「正麺」の五袋入りを手にし、ほかのものにも手をのばし、躊躇した。「ここでラ王も買ったら十食ラーメンか……」と、思ったのである。いくらトッピングを変えたって、そんなにラーメンばかりではきっと飽きるだろう。

五袋入り、ひとつを買った。

三十年ぶりくらいに食べた袋麵は、たしかに、カップラーメンよりおいしかった。三十年前のものと比べてどうなのかは、さすがによくわからないけれど、トッピングで味に工夫ができるのが、やっぱりたのしい。

でもどうして、おんなじ味を五つもパックにするのだろう。醬油、味噌、塩、豚骨、などと取り混ぜてパックにすればいいのに。五袋食べ終えたら、べつの五袋入りを試しているので、みんなの言っていたものすべて、なかなか制覇できない。しばらくのあいだは私の個人的袋麵ブームは続きそうだ。

そんなある日、新聞を開いたら生活面に袋麵の特集が！　アレンジのレシピまでついている。やっぱりブームなのだ。うーむ、私、ブームのど真ん中にいる！　と、なんだか得意な気分になった（そんなことはめったにないのだ……）。

担々麺風にしました。

黒バレンタインデイ

バレンタインデイにチョコレートを贈るなんざ、お菓子屋さんが考えた商売のためのイベントだ、と言う人がときどきいるが、そういう人はきっと理知的なんだろうと思う。理知的ではない私は、バレンタインデイが近づくと、今年はどんなチョコをどこで買うか……とわくわくと考える。

三十代になるまでバレンタインデイというものと縁がなかった。理知的に考えていたのではなくて、高校を卒業するまで男子と縁がなかったせいで、そういうイベントがあることは知っていたが、どのようにたのしむかが、まったくわからなかった。チョコレートを渡すこと、イコール告白なのか。いらん、と言われたら、告白を拒絶されたということになるのか。じゃあ、(告白の必要ない)恋人に渡すのは、「さらに好きだ」と伝えることになるのか。恋人がチョコレート好きではない場合はどうすればいい？　友だちにあげるのは「義理」と分類されるもので、それはかえって失礼になるんじゃないか。値段の差はどのようにつけるべきなのか――等々、考えてもよくわからず、面倒になってイベント自体を放棄していた。

イベントに身を投じることとなったきっかけは、デパートの特設会場である。いろんな国のいろんな店がチョコレートを売っているのを見て、興奮し、満員電車状態の混雑に分け入り、自分で買うには高額なチョコレートを興奮状態のまま買ったのである。このチョコレートは当然そのときの交際相手に渡したわけだが、その中身の三分の二ほどを自分で食べた。

甘いものは好んで食べないけれど、チョコレートだけは好きだ。いや、好き、を超えて必需品になっている。仕事場に常備してあり、脳を使うから糖分が必要なのだと自分で言い訳しながら、しょっちゅう食べている。なくなれば買いにいく。

自分で買うチョコレートの値段はたかがしれている。三千円、五千円のものなどまず買わない。千円だって買わない。百九十八円とか、大きな袋入りで三百九十九円とか、そんな値段だ。ときどき、おみやげに高級チョコレートをもらったりすると、そのおいしさに驚く。おいしいんだろうなと思って食べても、やっぱりコンビニエンスストアで買うチョコレートとはまったく異なり、「おおーっ」とその都度びっくりする。

　だから、バレンタインデイ近くになると胸躍るのである。もう告白にも義理にも縁のない私は、三分の二は私が食べるという前提で、チョコレートを選ぶ。もちろん、選んでいるときは、そんなことは意識しない。あくまで、人に喜んでもらえるものとして、見かけがうつくしい、とか、この味はあの人は好きそうだ、などと考えてはいる。だれかのために買う、というこの建前がなく、自分で食べることを意識していれば、多少の罪悪感が混じって高揚が薄れる。そのことを本能でかぎとって、私は無意識的に、自分が食べるなんてことは考えないようにしているのである。

　二十五年くらい前の私は、チョコレートを好きではない人に、チョコレートをあげても困るだけだろうと思っていた。なんと無垢（むく）な心の持ち主だったのだろう。今やひそかに、チョコレートを渡す人が甘いもの好きではないことを喜んでいるのである。イベントだから用意するけれど、そのほとんどが、私のためのものになるからである。

いただきものの美しきチョコレート。

珍妙選手権

異国を旅していると、へんに思えることはたくさんある。家で靴を脱がない習慣も最初はとてもへんに思えた（じつは今も思っている）。酒を飲まない町もあれば、女性が飲み屋はおろか酒屋さんにすら入れない町もある。痰を道ばたに吐く人の多い町もある。子どもの頭を撫でることがタブーの国もある。

その、見慣れぬ、やり慣れぬ行為がへん、と思うのは、裏返せば、自分の国でのあれやこれやはごくふつうだと無意識に思っている、ということになる。全世界珍妙さ投票をしたら、上位十位に入ることができるのではないか。でも、もしかしたら、私たちの国はとってもへんなのではないか。

お正月の休みにイスタンブールにいった。寒波の影響だとかで、まさかの大雪である。歩いているだけで体が痛むほど寒い。観光をするどころではない。そうだ、トルコといえば風呂だ、ハマムだ、と、郊外の温泉地にいった。料金を払って受付にいく。

荷物を預かってくれ、タオルを貸してくれる。そのまま更衣室に案内される。が、通路を歩くほかの客たちを見て、私はふと不安になった。受付に戻り、「水着はないが入浴していいか」と訊くと、びっくりした顔で、「えっ、だめだめ、水着なきゃだめ」と言う。水着にタオル姿の女性客が「ちょっと前までは貸し出してたの、でも今は買ってこなきゃだめ。あっちに売店があるわ」と親切に教えてくれた。

千円ほどの安い水着を買って、更衣室で着替える。温泉に入ると、丸く大きな浴槽が中央にどんとあり、水着の男女が入っている。私も湯に浸かり、「そら、そうだわな」と思った。ここに裸の異国人が入ってきたら、みんなぎょっとするだろう。借りたタオルで体を巻いたとしても、湯に浸かれば用をなさないだろうし。

そして私は思ったのである。裸で見知らぬ人たちと風呂に入る習慣って、ものすごく、もっのっすっごく、珍妙なのではないか。それがふつうのことだと身に染みついている私は、受付で確認しなければ、その、もっのっすっごく珍妙な行為をしていただろう。

そんなに多くはないが、異国での温泉経験を思い返してみる。マレーシアも台湾も、ハンガリーも水着着用必須であった。もちろん混浴だから、という理由もあろう。けれど私たちの国では混浴だって裸ん坊だ。私は二十代のときですら平気で混浴に入っていた。しかもわりと多くの温泉で、タオルを巻いて湯に入ることを禁止していたりする。真っ裸命令。

かつて英語を教えてくれていた教師が、彼氏と温泉地にいったけれど温泉は入らなかったと言っていた。だって私外国人だからみんな見るもの、とのこと。そら、そうだわな。女湯で同性だけだって、真っ裸になるのはいやだと思う。その習慣がない人は。

水着は、値段で選んだのでちっともすてきなものではないし、日本で着る機会もなかろう、捨てて帰ろうかと旅の終わりに思ったのだが、イヤ待てよ、と思いなおした。これから全世界、どこの温泉にいくかわからない。日本以外の温泉では水着必須ではないか。これを、国外常識水着として持っていよう。そうしてその安い水着をていねいにたたんで、荷物に入れたのである。

犬が温泉地で道案内
をしてくれた。

目には見えない何か

世代的なものとくくるのもへんなことかもしれないけれど、私の年代（一九六〇年代生まれ）は、心霊関係にたいへんなじみ深いのではなかろうか。夏休みの昼間、テレビをつけるとかならず心霊特集番組をやっていたし、心霊写真の番組も本も多かった。恐怖漫画もたくさんあった。「こっくりさん」という遊びもはやった。小学生のときに超能力者をテレビで見たし、世界の終わる未来の話も聞いた。

幼少時、「目には見えない世界」というものの存在を、自然と受け入れるような環境にいたのはたしかだと思う。もちろんそうした時代だからこそ、そんなものはいっさい信じない、科学的な子どももたくさんいたと思うけれど、シンプルな脳みその私はじつに無自覚に信じていた。テレビで見たもの、本で読んだもの、疑うことなく信じた。幽霊や、超能力といったものはたしかに存在して、でも私にはそうしたものを見たり感じたり使ったりする能力はないのだと理解した。

先だって、同世代の女性と話していたら、彼女がテレビで見た、「未だに忘れられない心霊写真」の話をはじめた。私はその写真を見たことはないが、でも、その気持ちがすごくよくわかった。私も未だに忘れられない写真とか、未だに忘れられない恐怖漫画のひとこまとかがある。

私たちも大人になった。かつての恐怖が刷り込まれてはいるが、今さら心霊写真におののいたり、超能力に声をあげたりすることはない。昨年の夏、テレビをつけたら久しぶりに心霊特集をやっていて、投稿による心霊写真ならぬ心霊動画を映していた。スマートフォンなどで撮った動画である。動画なのかとまずそのことにびっくりし、その画像を見て、鼻白んだ。素人っぽいカメラワークで町を映しているのだが、建物と建物のあいだに青白い人が浮かんでいる。

鼻白んだ理由は、たぶん、写真や動画といったものが、この三十年ほどでめざましく進化したせいだ。建物と建物のあいだに浮かぶ人の姿を見ても、驚かない。携帯電話で撮った映像にしても、充分きれいで、そのきれいさは、かつての粗末な画像が持つ妖しさ、不気味さと相容れない。しかも、画像処理なんかかんたんにできてしまいそうな時代なのである。

それにしても昔の心霊写真はこわかったなあと、その心霊画像を見ながらしみじみ思った。

けれどこの気持ちの変化は、大人になって、そうしたものを信じなくなった、というのとはわけがちがう。やっぱりどこかで、どうしようもなく信じこんでしまっているのだ。現実世界には幽霊がいて、人は悪霊に取り憑かれることもあって、超能力を持った人がいて、宇宙人も存在して、UFOも飛んでいると。

猫が我が家にきてから、まったく何もない方向を、目を見開いて見つめていることがある。蝶が飛ぶのを目で追うように、はっきりと何かをとらえて目線を動かしている。しっぽをふってはいないから、敵対するものではないのだろう。かならず夜である。

ああ、やはり。やはりいるのである。猫は私の見えぬものを見ているのである。幼少期に刷り込まれたとおり、私はその思いをあらたにするのである。

これはただ寝ぼけて
います。

さよならワカモノファッション

七、八年前のことになるだろうか。いや、十年くらい前かもしれない。はじめて、スカートとズボンをいっしょにはいている人を見た。そういうファッションが、はやりはじめたのである。スカート丈はさまざまで、その下にデニムやタイトなズボンをはいている女性を多く見かけるようになって、そのとき、「ああ、私の若者期は終わった」と実感した。スカートズボンをはいているのは若い女の子ばかりだった。そのときまで私も若い女の子気分で、若い女の子用の店で衣類を買っていたのだが、スカートにズボンはさすがにはけまい、と思ったのである。

若いころというのは、みんなが着ているからとか、店にそういうものばかり売っているからという理由で、珍妙なものを、珍妙だと思わずに着ることができる。そうした格好を見て「珍妙だ」と思ったら、すなわち衣類的にはもうおばさん域なのではないか。

しかしながら、それから五年も経たないうちに、私はズボンとスカートをいっしょに着るようになった。お洒落的な意味合いで、ではない。冬は防寒、夏は腹出し・尻出し防止のためだ。昨今のジーンズは股上がたいへんに短いので、下手をすると腹が出るし、しゃがむと尻が見える。スカートをはいていれば、いたずらに腹も尻もさらすのを防げるのである。

そして気づけば、スカートにズボンは、若者だけの格好ではなくなっていた。若者期を終えた女性たちにも、おそらく私と似たような理由で、この組み合わせは非常に便利だったのだと思う。

今の女性は、四十代でも五十代でもなかなかに服装が若い。若作りをしようと思ってしているのではなくて、それらの年代向けに若い服を売る店が多いのだ。「本当に若い子の店」と「若くない人の若い服の店」と「若くない人の若くない服の店」が、世のなかにはあり、三十代から五十代くらいまで、わりと幅広い年齢層が「若くない人の若い服の店」を利用しているのではないか。

二年ほど前から、ジーンズを切ったようなショートパンツ姿の女の子をよく見かけるようになった。そのショートパンツ自体は昔からあって、奇異なものではけっしてないのだが、このパンツの裾から、ポケットがぺろんと出ているのが、今風のファッションのようである。左右に二つ、裏地のままのポケットが、たらーんと腿に垂れている。私はこの、はみ出たポケットを見たときに、またしても思った。「ああ、今度こそ私は、もう二度と、二度と若者期には戻れないかも」と。これは防寒も、ほかのメリットもなさそうなので、スカートズボンとは異なり、若者の特権であり続けるだろう。

サルエルパンツを見たときも、ぎょっとした。私は子どものころから、股部分がずり落ちてくるのがいやで、タイツを避けてきたのだが、これはまさに、股部分が最初からこんなにずれている、と、まじまじと見つめてしまった。もう若者にならなくていいや、今の若者でなくてよかった、と思った。

が、このサルエルパンツ、私と同世代の女性もよく買っている。もんぺ的な便利さがどうやらあるのに違いない。

関係ないけれど、くまモンタオルをもらって、うれしい。

ほら、あの

同世代の人たちは、当然のことながらみんないっしょに年をとっていく。しょっちゅう会う友人だと、しょっちゅう会いながら加齢していくから、相手も自分も年を重ねていることに、なかなか気づかない。毎日鏡を見ていて、太ったことに気づかないのと同じだ。

最近、ようやく気づいた、同世代たちの年齢による変化がある。それは、テレパシー会話。

みんな同時期にそれをはじめたので、自分たちがテレパシーで会話していることに、なかなか気づかなかった。いつからなのかもわからない。気づいたら、みな、そのような特殊な会話法を習得していたのである。

「ほら、このあいだ、あの人が、ほら、えーと、あの人」「ああ、あの人、そうそう山田さん、女性のほうの」「そうそう、その山田さんが、あそこがおいしいよって言っていたじゃない」「言ってた言ってた、ほら、あの、あそこ」「そう、あそこ。神楽坂の、ちょっと路地を入ったところの」「そう、神楽坂のそこ。有機野菜の」「うん、そこよ。そこでこないだ、あの人が、ほらほら」「あっ、それ聞いた、そこで、出くわしちゃったたって話じゃない？　あれに」「そうそう、やーだ、知ってたの」「うん、あれ、だれに聞いたんだっけな……」「え、あのときじゃない。ほら、みんないた、あのとき」「あっ、そうそう、たしかそう、そのとき聞いた。あれ、なんの会だっけ」「なんの会だっけ」「まあとにかく、あのときよ」「そうそう、あのとき」

と、これが私の言うテレパシー会話。

固有名詞がほとんど、いや、まったく抜け落ちているのに、会話は見事に成立しているのである。しかも、「神楽坂のあそこ」は、店名こそ出てこないものの、二人ともまったく同じ飲食店を思い浮かべているはずである。

親しいあいだがらだと、テレパシー会話はまったく滞りなくどこまでも続くが、さほど親しくない場合は、テレパシーは伝わりにくい。「ほら、あの人」「（だれ……？わかんない）」となる。しかしながら、相手が思い出すまで待つ、とか、正解を見極める、といったことが、やはり年齢的にどうでもよくなっているので、「ほら、あの人」「うんうん、えーと、あの人ね（わかんないけど、まあ、いいか）」と、伝わりにくいなりに、なんとなく続いていく。相手の言う「あの人」や「あのとき」や「あそこ」が特定されなくとも、会話というのはきちんと成立するのである。

若き日は、年長の人たちの「ほら、だから、あれだって」「あの人あの人、あー、名前が出てこない」には、いらいらしていた。わかったふりをすることも自分に許せず、「え、なんですか」「あの人ってだれですか」と、正解が出るまで問い詰めた。いやだな、年をとってこんなふうにあれこれ忘れていくのって。とすら、思っていた。

若いころってもの覚えがよかったんだなあという考え方を、私はしない。若いころって、テレパシー能力が皆無だったんだなあ、と思う。年齢とともに私たちはこのすばらしき能力を手に入れ、立派に育てているのである。

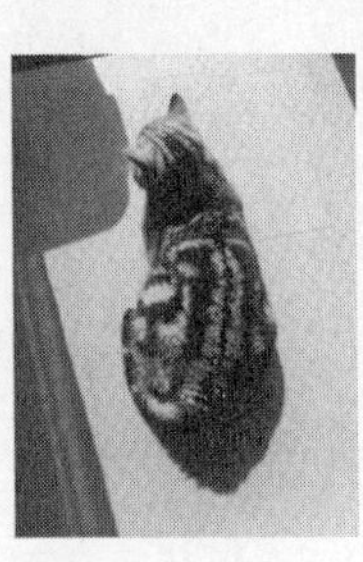

この子とも会話はテレパシー。

ポイントカードと原稿のこと

昨今は、どこでもかしこでもポイントカードである。

ポイントカードが出まわりはじめたころ、とくに何も考えず、作ったらお得とお店の人が言うのだし強く断る理由もないから、まあ、作るか、と、勧められるままに作っていた。当然ながら、財布のなかはあっという間にポイントカードだらけ。会計の際、紙幣と硬貨とともにポイントカードもさがさなければならなくなって、じつに面倒くさい。

あるときから、私はいっさいのポイントカード作りをやめた。かつてのものも必要最小限にして、それ以上持たない。そう決めてしまうと気も楽になるのだが、あらたな面倒も生じる。

コンビニエンスストア、薬局、駅ビル、コーヒーショップ、ショッピングモール、酒屋、どこでもかしこでも、「ポイントカードはお持ちでしょうか」と会計時に訊(き)かれる。「持っていません」と答える。ここで、「失礼しましたー」と終われば、まだいい。

「お作りしましょうか、入会費無料でポイントがいくつで何がどうなって云々かんぬん……、すぐお作りできますよ」と続くと、またここでも、「いいえけっこうです」と答えねばならない。たいていここで「失礼しましたー」と終わるが、「じゃあ説明書を入れておきますので読んでくださいね」と一言あったり、まれだが、ポイントカードがどんなにお得か延々と話し出される場合もある。

せっかちで面倒くさがりな上、マニュアル的やりとりの大嫌いな私にとって、「ポイントカードありますか」から続く流れは、どうにも耐えがたいストレスである。このストレスを軽減するにはどうしたらいいか。「はい」と言ってしまえばいいのだ。ポイントカードを常備して、「お持ちですか」と訊かれたら、何も言わず、す、と出せばそれで終わるのだ。

これは原稿依頼に似ている。何月何日締め切りで何枚の小説をお願いします、と言われたとき、「無理です」と答えると、会話は長引く。「締め切りがもう少し先ならだいじょうぶですか」「枚数がもっと少なければいいですか」「小説でなくてエッセイなら引き受けてくれますか」等々。「いや、忙しくて」と答える、「いつ忙しくなくなりますか」「どのくらい先ならだいじょうぶですか」、さらに続く。うんと若き日、たぶん私の断りかたが下手だったのだろう、「カクタは食事をさせないと原稿依頼を受けない」と言われたことまである。長引く問答も、へんな誤解も、本当に困る。断ることにはストレスがついてまわる。

解決策としては、やっぱり「はい」なのである。断ると、あれこれ訊かれるが、「はい」と言えばそれで会話は終わる。誤解もない。あとは言われた仕事をすればいいだけ。

一時期、断るストレスに負けて私は「はい」しか言わなかった。それである種のストレスはなくなるが、それよりももっと重苦しいプレッシャーと多忙と睡眠不足と物忘れとに、悩まされることになった。「はい」が、自分のクビを絞めていることに、そうなってはじめて気づいた。

ポイントカードも、そのときのことを思い出しつつ、まだがんばって断り続けている。

猫のお店のものはなんとなく捨てられず……。

素麺南瓜を知っていますか

素麺南瓜、って知っていますか。正式名称はキンシウリ、ウリ科カボチャ属の野菜だ。南瓜の一種ということになる。

私は昨年まで、この野菜の存在をまったく知らなかった。遠方に住む親族が、家庭菜園の野菜をたくさん送ってくれたのだが、そのなかに、アメフトボールのような楕円形の野菜が入っていた。冬瓜のようだが、色は黄色。かたいので、切るときに注意してくださいとていねいな但し書きも入っていた。

調理法も何もまったく見当もつかなかったので、訊いてみると、輪切りにして茹でて、実の部分が麺のようにほぐれるから、それを煮つけたり、サラダにしたりする、とのこと。

麺のように？　そんなことが、果たしてあるのだろうか？

半信半疑で、輪切りにし、茹でた。見た目は色の薄い南瓜である。真ん中にはタネがあり、ワタがある。皮がやわらかくなるまで茹でて、冷水にとり、タネとワタをとりのぞき、実の部分に触れて仰天した。えーっ、と声が出た。

周囲の実の部分、触れるだけで、ほろほろほろほろとほぐれ、麺としか思えない形状になるのである。こんな摩訶不思議な野菜、見たことがない！　すごい！　自然にできてしまったのだろうか？　それともだれかが、「実が麺みたいになったらさぞやおもしろかろう」などと思いついて改良したのだろうか？

昨年は、酢の物にしてみた。さっぱりしていておいしいけれど、この特殊な南瓜の必然性はあまり感じなかった。春雨で酢の物を作ろうとしたが、切らしていたので代用しました、と言えなくもない。つまり、「ぜったいのぜったいに素麺南瓜でなければだめ」な料理とは思わなかったのである。

その素麺南瓜、今年も送っていただいた。麺状にほぐれるとわかっていても、やっぱり、実をほぐすときは「おおー」と驚く。感動する。

今年は、切り干し大根風にしてみた。素麺南瓜をまず油で炒め、揚げとちくわと椎茸とともに、濃いめの出汁と、砂糖酒醤油のごく薄味で煮る。

なんと、これが驚くほどのおいしさである。酢の物は素麺南瓜でなくてもいいが、この煮物は切り干し大根のようではあるが、切り干し大根の代用品ではない。「ぜったいのぜったいに素麺南瓜でなければだめ」なおいしさとなった。麺がビーフンのようで、でもビーフンよりさっぱりしていて、出汁が染みこんで、食感もいい。冷やして食べてもおいしい。

この素麺南瓜、東京の八百屋さんやスーパーマーケットではお目に掛かったことがない。が、昨年まで、私は名前も形状も料理も、見たことがなかった。私の世界には存在しなかったのだ。だから、もしあったとしても、きっと見えていなかったはず。素麺南瓜の存在する世界に移行した私、果たして、東京でこのアメフトボールのような野菜を見つけることができるのだろうか。それともめったに流通していないのかな。

これが素麺南瓜本体です。

帰れない私

ジャージとか、それに類する簡易服を着たことがなかった。私の手持ち服のなかで簡易服といえば寝間着。向かいのコンビニエンスストアにいく、その程度の外出用簡易服は、ジーンズだった。寝間着とカジュアルな服の、中間がなかった。

家で仕事をせず、会社員のように仕事場に出勤しているせいもあるが、その家が、駅のすぐそばというのも大きな理由だと思う。駅の周辺にいるのは、とうぜん駅に出入りする人たちだから、みんなちゃんとした、出かけるための服を着ている。そこを簡易服でうろうろするのは、ちょっとためらわれるのである。コンビニエンスストアにいくだけ、でも。

今年の夏、あることに気づいた。女性が、若い人もそう若くない人も、なんだかでろんとしたものを着ている。ジャージー素材やスウェット地のワンピースやスカートなのだが、ワンピースはウエストもなくでろーんと足元まで長い。スカートもウエストはゴムやひもで、やっぱりでろーんと足元まで長い。マキシ丈、というらしい。

丈の長いお洒落(しゃれ)な寝間着のようなのだが、都心でも、都心ではない私の住む町でも、雑誌のなかにも、どこでも見かける。たくさん見かけているうち、だんだん寝間着の印象が薄れ、「ちょっとすてき」と思えてきた。ちょっとすてき、つまり私も着てみたい。

若い人ばかりが着ているのだったら、すてきと思ってもけっして手は出さないが、あるとき同世代の知り合いもその「でろんスカート」であらわれて、その姿もやっぱりすてきだったので、私も着ようと決意した。

そうして、たまたま見かけた店で、でろんワンピース、お洒落に訳せばマキシ丈ワンピを買ったのである。素材はもちろんジャージー。

着てみて驚いた。なんとこれは、簡易服ではないか！　着やすさと気安さ、手軽さが寝間着級。なんて楽ちん。あまりに楽ちんなので、出かけるとき、簡易服経験のない私には少々勇気が要った。「やだー、あの人寝間着のまま歩いてる」と思われたらどうしよう。どぎまぎと外に出て町を歩き、だれも私など見ていないばかりか、似たような格好の人がたくさんいて安心した。

そのでろんワンピースの気楽さに負けた私は、でろんスカート、お洒落に訳せばマキシ丈スカートまで買った。こちらはスウェット地。これもまた、感動するほど楽である。すごいな、でろん。

出かけるときばかりではない。寝起きに宅配便の人がきたりするとき、寝間着の上からさっとこれらのでろんをかぶれば、ちゃんと起きていた人のように見える。向かいのコンビニも、ゴミ捨ても、わざわざジーンズをはかずとも、このでろんをかぶればいい。

そうか、今年の夏に見かけた数多（あまた）の女たち、お洒落だからマキシ丈を着ていたのではないのだな。みな、あの気楽さに負けていたのだな。たしかに、今年はとくべつ暑かったもの。

さて問題は、この気楽さから、私たちは帰れるのか、ということ。この先ずっとでろん流行は続くのではないか。女たちはそのうち本当に寝間着で歩き出すのではないか。

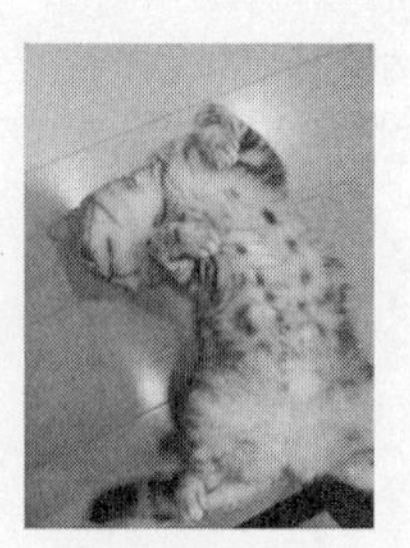

気持ちとしてはこん
なかんじ。

お手軽アミューズメントパーク

スーパーマーケットにいかなくなってずいぶんたつ。そもそものきっかけは「レジ袋をご利用になりますか」「はい」「五円かかりますけれどよろしいでしょうか」「はい」というやりとりが、煩雑（はんざつ）だったからだ。私はマニュアル的対話が苦手なのである。買いものはすべて個人商店でしている。魚は魚屋さん、肉は肉屋さん、野菜は八百屋さん、乾物は乾物屋さん。そのほかの、調味料だのなんだのは、自然食料品の個人店があるので、そこで買う。こういうところで交わされる「今日はいいまぐろが入ってるけど」「あ、お肉買ってしまったので……」「袋、ひとつにまとめようか？」「お願いします」というようなやりとりは、まったく気にならない。

そんなわけで、仕事からの帰り道、あっちに寄ってこっちに寄ってして、帰る。最初は面倒だったけれど、今ではもう慣れた。各店の定休日もきちんと頭に入っている。魚屋さんが休みの水曜日は肉の献立だし、魚屋さんも肉屋さんも休みの日曜日は、前もって買っておく。

ごくまれに、スーパーマーケットにいかなければならないときもある。このあいだは、猫のトイレの砂がなくなったので、買いにいった。いつもは宅配で買っているが、ちょうどきれてしまった。そして我が家の近所にはペット用品店がない。

半年以上ぶりにスーパーマーケットに入ったのだが、ものに圧倒された。まず果物コーナーに並ぶみかんやりんごの種類の多さよ！　私はふらふらとそれらに吸い寄せられるようにスーパーマーケット内部に足を踏み入れた。

あるある、あるある、豆腐なら豆腐、納豆なら納豆で、なんだっていったいこんなに種類があるのか！　しかも、私がスーパーマーケットにこなかったあいだに、たくさんのものが新登場したらしく、見たことのない品物ばっかり！

どの棚を見ても、目が釘付け（くぎづ）になる。味噌（みそ）、塩、油。紅茶、乾物、ふりかけ。冷凍食品の種類と数！　袋麵（めん）なんて、棚ひとつぶん、ぜんぶ袋麵！　たくさん種類があるものをただ眺めることが、こんなにもエンターテインメントなことだなんて知らなかった。見ていて、ぜんぜん飽きない。そうして、なんだかむずむずしてくる。なんだこのむずむずは、と考えて、すぐに思い当たった。物欲である。はじめて目にしたあれやこれやを、買いたくてたまらない。

しかし必要のないものばかりである。家にすでにあるものだったり、まったく使わないものだったり。でも、ストックすればいいのではないか？　買えば使うのではないか？　と手をのばし、引っ込める。かつて未開封のまま賞味期限を過ぎたさまざまな食品類を思い出したのである。

猫砂猫砂、と呪文（じゅもん）のようにつぶやいて、ペット用品売り場に向かい、見慣れた袋を手にする。なんだか意気消沈。見慣れたものって、こんなにわくわくしないものなのか。

スーパーマーケットは今や私にとってアミューズメントパークなのだなあと、猫砂を抱えて帰りながら思ったことである。次回またいくときには、さらなる新製品があたらしく揃（そろ）ってくれているだろう。一年後くらいか……。

深夜の麺も私にとってのエンターテインメント！

子ども正月、大人正月

　このところ毎年、お正月の二日は、家に友人が集まってゲームをしている。ところが今年、ゲームをするのに必要な人数が足りなかった。いつもきていたみんな、何かしら予定が入ってしまったという。うーん、残念、じゃあゲームは諦めるか……と思っていたところ、近所に住む友人から、遊びにこないかという誘いを受けた。その友人宅でも、お正月の二日は毎年人が集まって、わいわいとゲームをやるそうである。しかも、我が家とは大違い、十何人か、何十人か、とにかく大勢が集まるのだという。お正月にはゲームをしたい、という、子どものような気持ちでそのおうちに遊びにいった。

　日が暮れると、たしかに、どんどん、どんどん、そのおうちに人がやってくる。ものすごい数と種類のお酒が置いてある。みんな酔っぱらっているから、初対面も何も関係なく、なごやかにあちこちでゲームがはじまる。二階はナントカというゲームに興じるAチーム、二階は別のゲームに興じるBチーム、テレビゲームで遊ぶCチーム、食卓で宴会を続ける飲みチーム、と並行するくらいの大人数、大盛況。夕食を終えて、さらに、子どもチームもゲームをはじめた。

私の家のお正月は大人しかこないので子どもがめずらしい。あまりにもめずらしいので、私も子どもチームに加わった。

五歳の子がカルタをやりたいと言い、まず、カルタ。アニメのキャラクターカルタである。まだ幼い男の子が、小学生の女の子と、読み上げられた札におんなじ速度で手をついた。すると男の子、「とっていいよ」と女の子に言う。わあ、やさしいんだね！　と、その場にいた大人たちが口をそろえると、なんとこの男の子は泣き出してしまった。

ああ、子ども特有の照れと繊細さ。ふだん子どもと接していない私は、タイムスリップしたように自分の子ども時代を思い出す。わかるわかる、こういうとき、どうしていいかわからなくて泣いてしまうことって、あるよなあ。おかあさんがなんとかなだめて、続行する。ぜんぶ終えて、みんな自分のとった札を数えていると、三歳の子が手にしていた一枚の札を放り投げて泣きはじめた。またしてもタイムスリップ。わかるわかる、あきらかにビリで負けたのは、くやしいよねえ。

幼いころのお正月を思い出す。大人たちが大勢いて、みんな酔っぱらっていて、子どもは子どもで集まってトランプをして、話に飽きた大人も混じって、負けたら悔しくて泣いたり、永遠にやっていたいほど白熱したり、していたなあ。やめるのがいやで、帰るのがいやで、それだけで泣く。あのころは、自分が「そうしている」のだ、と思っていたけれど、そうではなくて、大人たちに、「そうさせてもらっていた」のだなあ。大人たちがそういう時間を作ってくれていたのだ。

さて、その後、子どもの熱烈な要望で神経衰弱をしたのだが、私は衝撃を受けた。若い脳ってすごい。五歳や三歳の子が、一度見たカードをぜったいに忘れずに、どんどん当てていくのだ。そうして私は、おのれの記憶力が、最後四枚のカードになっても同じカードを引くことができないほど崩壊していることを、このとき思い知った。いろんな意味で、なつかしく、かつ、新鮮なお正月であった。

今年の冬は寒いですね……。

ファーストバイトたるもの

結婚式でケーキ入刀のあと、ファーストバイトという奇妙な単語をはじめて聞いたのはいつだったろう。ここ最近だと思う。同級生が第一次結婚ラッシュを迎えた二十年ほど前は、そんなものはなかった。はじめての共同作業、ケーキ入刀です、というのが一大イベントだったはずだ。

昨今、その後がある。おたがいにケーキを食べさせ合うのである。

けっこうけっこう。だれが思いついたのか、はたまた、どこから輸入されたのかわからないが、おもしろいイベントではないか。

しかしながら私は最初にこれを見たとき、猛烈な違和感を覚えた。いや、正確には「見た」ではない、「聞いた」というべきか。

結婚式イベントには枕詞（まくらことば）がある。先ほどのケーキ入刀ならば「新郎新婦、はじめての共同作業です」というのが、それ。このファーストバイトやらのとき、司会者は晴れやかに枕詞を言った。「男性は、これからちゃんときみを食べさせていくよ、という意味で、女性は、これから毎日おいしいお食事を作りますという意味で、ケーキを食べさせ合います」というのが、それである。

　私はなんの思想も哲学も持ってはいないが、しかし聞いたとき「なんじゃそりゃ」と思った。男が女を食わせ、女が料理をするって、このご時世に、なんで最初から決めつけてんの。

　いやいや、めでたい席なんだから、そんなちっこいことにひっかかってどうするんだ。きっと司会者の人は若く見えてもけっこう年配で、わりと昭和的な価値観の人なんだろうなあと私は納得し、にこにこ笑ってケーキを食べさせ合う二人を見守った。その行為だけ見ていればたしかにかわいいし、たのしい。

　年若い友人たちの結婚式が立て続けにあり、参加するうち、あの「男が食わせ、女が料理」は、ファーストバイトの定型枕詞なのだと知った。だってみんな言うのだ。プロの司会者も新郎新婦の友人も、ともかく司会をする人はみーんな。そして、新婦が新郎に食べさせるときは、量を多くするのが決まりのようである。

　そうなると、私は俄然、おもしろくなくなるのである。ケーキを食べさせ合うのになんでそんなへんなこと言うんだろう？　今の時代、共働きだって多いし、料理する男だって増えたのに！　その台詞に毎回私が憤っているものだから、友人たちはケーキ入刀が終わるとにやにやと私を見る。「あれ、あるかしらね？」とささやいたりする。

先だって、友人夫婦の結婚パーティに招かれたのだが、彼らもケーキ入刀からファーストバイトへと流れ、でも、あの決まり文句がなかった。あーよかった、と私は胸をなで下ろした。ほんと、夫婦が何かをにこにこと食べさせ合う図はまことにほほえましい。

たぶん、この先何年かすれば、ケーキ入刀、ファーストバイト、そのほかに、また何か新しいイベントが結婚式に導入されるだろう。そのときの枕詞は、どうか導入された時代にふさわしい夫婦のありようを語ったものであってほしいと願う私は、本当に面倒な人間だと自分で思う。

友人の式の、わんこ
ののった特注ケーキ。

真夏の行列

屋外で行われる音楽フェスティバルというものがある。夏に多いようである。フジロック・フェスティバルとか、ライジング・サンなんかが有名だ。私は音楽もライブも大好きだが、こうしたフェスティバルにはいったことがない。ないどころか、恐れている。

思うに、フェス世代というものがあるのではないか。屋外フェスの代名詞、先駆けといわれるフジロックが最初に開催されたのは一九九七年。私は三十歳だった。好きなミュージシャンの、都内で行われるライブにはいっていたが、他県までは見にいこうとは思わなかった。富士山のほうで大々的なロックフェスティバルをやるらしいよ、と聞いたことはある。そのときの私の印象は、「たのしそう」ではなく、「混みそう」である。

そこに向かう電車も混みそう、最寄り駅からその会場に向かうバス乗り場も混みそうだし、屋台で何か買うのにも混みそうだし、トイレも混みそう。そんな混んだところにはぜったいにいきたくない、と思った。十歳、いや、五歳若ければ、そんなふうには思わず、ただただ、おもしろそう、いこうよ、と友だちと言い合って出かけたかもしれない。三十歳にとって、混雑は、ただひたすら巻きこまれたくない「面倒」だった。

おそらく、そのとき二十歳だったり二十五歳だったりした人たち以降が、フェス世代となったのだと私は思う。屋外フェスにまつわるあれこれを、いっさい苦と思わず参加し、その後も苦と思わない。当然ながら、例外は多々あるだろうから、おおざっぱな括りではあるが。

音楽フェスティバルにいったことのある人に話を聞いてみると、やっぱり私の第一印象はあたっていて、どこもかしこも、たいへんに混むらしい。飲食を売る屋台が出るが、買うのに行列、トイレも行列。私がぞーっとしたのは、歯磨き行列である。テントに泊まった人たちが翌朝トイレの洗面所で歯を磨こうとするのだが、その列が、果てしなくどこまでも続くという。聞くだけで泣きそうになる。私は行列と、待つことが、大の苦手なのである。

ところがこのあいだ、フェス混雑に当たってしまった。短い夏休みをとって、その帰り道、在来線から新幹線に乗り換えるため駅に降り立ったら、駅が大混雑なのである。切符売り場は長蛇の列。しかもみんな、バックパッカーのような出で立ち。外国人もやたらに多い。いったい何が……といぶかっていると、「ああ、フジロックが昨日終わったんだ」と夫が言い、私は戦慄(せんりつ)を覚えた。ずっと避けていたフジロックの混雑に、なんたることか、まぎれてしまっている……。

やむなく、切符売り場の長い長い列の最後尾についたのだが、驚いたのが、この行列が静かであること。行列ってたいてい、ぴりぴりして殺気だった雰囲気が見えるほどに伝わってくる。駅員に八つ当たりする人も出てきたりするし、小競(こぜ)り合いにもなる。そういう場面に私はよく遭遇する。けれど、それがまったくない。

そして気づいた。この人たちは、慣れているのだ！　だってきっと、東京に帰るこの日まで、何か食べるのにも用を足すのにもずっと、もしかしたら炎天下、ずーっと並んで待っていたのだもの。こんな屋内での行列、なんともないんだ。なんてすごい人たちだろう。

しかしながら、その行列の長さを見て、ますます音楽フェスティバルへの恐れが増大したのである。

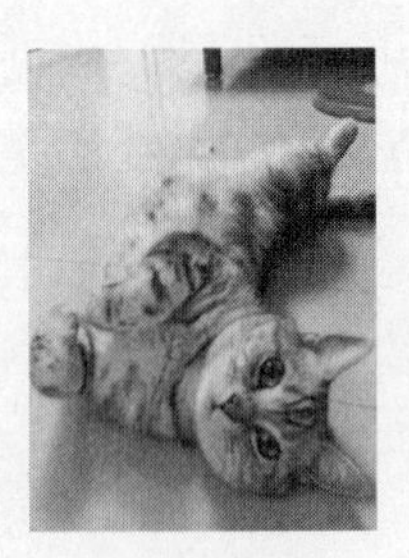

ねこも開く夏です。

あとがき

私はずっと、年齢を重ねることは大人になっていくことだと思っていた。ある年齢までは、それは正しい。赤ちゃんは歩きはじめ、話すようになり、学校にいって勉強する。成長して将来を思い描き、たいていのことはひとりでできるようになり、あるいは、自分にはできないことも思い知る。そうしてあるとき成長は終わる。個体差はあるが、だいたい体の成長は二十歳前で終わり、精神の成長は二十五歳から三十歳のあいだに終わるのではないか。

私が今の背丈に達したのは十七歳のころで、それから背はのびない。背丈や体重のように数値化できないから推測に過ぎないが、私の精神の成長は二十九歳くらいでとまっている。見かけは立派に大人になったが、でも、二十九歳までに一度も大人になった実感は得ていない。成長と大人になることは、関係ないらしい。

でもいつか大人になるんだろうと思っていた。もう成長はしないかもしれないが、四十代になれば、五十代になればさすがにこの私だって、少しは大人になるだろう。そう思っていた。

ならない。びっくりする。三十歳になってから、成長というより、ただ加齢と変化がある。

そのことを、私は書き続けているエッセイに思い知らされている。

ここにおさめたエッセイは、『オレンジページ』という雑誌で連載していたものだ。この連載が始まったのが二〇〇六年。十年以上も前のことになる。これまでの連載は、『よなかの散歩』『まひるの散歩』と本になっていて、これが三冊目。連載は今（二〇一七年）も続いている。間違いなく、私史上最長連載である。

二十歳から三十歳までは、成長前・成長後のものすごい隔たりがあって、自分でも別人のように思えるが、四十歳から五十歳はほぼ変わらない。大人になれないまま加齢していくひとりの人間がいるだけ。この連載のはじめのころに書いたものを読み返しても、書かれているできごとも感想も、昨日のことのように思い出せる。霜降りの牛肉が食べられなくなったとか、熱心に続けていた弁当作りをぱたりとやめたとか、ひとりで入れなかった居酒屋に今はふつうに入ることができるとか、変化はあって、その変化に気づいたときの気持ちも思い出せる。そしてびっくりしてしまう。私という人間はよくぞここまで、どうでもいいことを書き続けられるものだ、と。

この連載をはじめる十一年前、重苦しかったり、何か考えることを強いたりする文章は書くまい、と決めた。料理に興味があって料理雑誌を手にとるだれかと、昼下がりに、あるいは晩酌時に、たらたらとしゃべっているようなことを書こう、と思ったのである。だから、明日には忘れるようなどうでもいいことを書く、というのは自分に課したことではあるのだが、それが十年以上も続いてみると、感心してしまう。大人にならず、年齢だけ重ねて、どうでもいいことを、ああでもないこうでもないと考えては書いている、そのことの不変に感心し、そうしてちょっと、よかったな、とも思う。二十二歳の、中身成長中だったころの私の目標は、「へらへらと笑っていられる大人になること」だった。大人にはなり損ねた感があるが、でも、どうでもいいことを書き続けられる、へらへらした五十歳にはなれたのだから。

読んでくださったすべての方々、これまで連載を担当してくださった南齋麻緒さん、清繭子さん、小松正和さん、そして装幀をしてくださった同い年の池田進吾さんに、心からお礼を申し上げます。

角田光代

この作品は平成二十九年十一月株式会社オレンジページより刊行された。

角田光代著

キッドナップ・ツアー

産経児童出版文化賞・路傍の石文学賞受賞

私はおとうさんにユウカイ(=キッドナップ)された！ だらしなくて情けない父親とクールな女の子ハルの、ひと夏のユウカイ旅行。

角田光代著

さがしもの

「おばあちゃん、幽霊になってもこれが読みたかったの？」運命を変え、世界につながる小さな魔法「本」への愛にあふれた短編集。

角田光代著

しあわせのねだん

私たちはお金を使うとき、べつのものも確実に手に入れている。家計簿名人のカクタさんがサイフの中身を大公開してお金の謎に迫る。

角田光代
鏡リュウジ著

12星座の恋物語

夢のコラボがついに実現！ 12の星座の真実に迫る上質のラブストーリー&ホロスコープガイド。星占いを愛する全ての人に贈ります。

角田光代著

くまちゃん

この人は私の人生を変えてくれる？ ふる／ふられるでつながった男女の輪に、恋の理想と現実を描く共感度満点の「ふられ小説」。

角田光代著

よなかの散歩

役に立つ話はないです。だって役に立つことなんて何の役にも立たないもの。共感保証付、小説家カクタさんの生活味わいエッセイ！

阿川佐和子・角田光代
沢村凜・柴田よしき
谷村志穂・乃南アサ 著
松尾由美・三浦しをん

最後の恋
―つまり、自分史上最高の恋。―

8人の女性作家が繰り広げる「最後の恋」をテーマにした競演。経験してきたすべての恋を肯定したくなるような珠玉のアンソロジー。

川上弘美著

なんとなくな日々

夜更けに微かに鳴く冷蔵庫に心を寄せ、蜜柑の手触りに暖かな冬を思う。ながれゆく毎日をゆたかに描いた気分ほとびるエッセイ集。

小泉今日子著

黄色いマンション 黒い猫

思春期、家族のこと、デビューのきっかけ、秘密の恋、もう二度と会えない大切なひとたち……今だから書けることを詰め込みました。

坂本龍一著

音楽は自由にする

世界的音楽家は静かに語り始めた……。華やかさと裏腹の激動の半生、そして音楽への想いを自らの言葉で克明に語った初の自伝。

瀬戸内寂聴著

老いも病も受け入れよう

92歳のとき、急に襲ってきた骨折とガン。この困難を乗り越え、ふたたび筆を執った寂聴さんが、すべての人たちに贈る人生の叡智。

森下典子著

日日是好日
―「お茶」が教えてくれた15のしあわせ―

五感で季節を味わう喜び、いま自分が生きている満足感、人生の時間の奥深さ……。「お茶」に出会って知った、発見と感動の体験記。

月夜の散歩

新潮文庫　か－38－15

令和五年十月一日発行

著者　角田光代

発行者　佐藤隆信

発行所　株式会社新潮社

郵便番号　一六二―八七一一
東京都新宿区矢来町七一
電話　編集部(〇三)三二六六―五四四〇
　　　読者係(〇三)三二六六―五一一一
https://www.shinchosha.co.jp

価格はカバーに表示してあります。

乱丁・落丁本は、ご面倒ですが小社読者係宛ご送付ください。送料小社負担にてお取替えいたします。

印刷・株式会社三秀舎　製本・株式会社植木製本所

ISBN978-4-10-105836-8 C0195